KB265232

# 탐나는 청춘

글로벌 무대에서

못다 이룬

꿈을 낚다

# 탐나는 청춘

: 글로벌 무대에서 못다 이룬 꿈을 낚다

펴낸날 | 2011년 8월 17일 초판 1쇄
2011년 9월 15일 초판 3쇄

지은이 | 우수근
펴낸이 | 이태권
펴낸곳 | (주)태일소담
서울시 성북구 성북동 178-2 (우)136-020
전화 | 745-8566~7  팩스 | 747-3238
e-mail | sodam@dreamsodam.co.kr
등록번호 | 제2-42호(1979년 11월 14일)
홈페이지 | www.dreamsodam.co.kr

ISBN 978-89-7381-700-9  03810

# 탐나는 청춘

글로벌 무대에서 못다 이룬 꿈을 낚다

우수근 지음

소담출판사

# 그대의 방황은 눈부시다

세계 경제의 중핵이라 불리는 중국 상하이. 나는 이 넓은 도시의 중심지에 위치한 동화대학교에서 일하고 있다. 캠퍼스를 돌아다니다 보면 불현듯 "안녕하세요!"라는 한국 청년들의 경쾌한 인사가 들려오곤 하는데, 그들의 미소는 온종일 내 몸과 마음을 가볍게 만들어줄 만큼 밝고 싱그럽다. 짧은 인사로도 고스란히 전해지는 그들과의 끈끈한 유대감이 나는 그저 고마울 따름이다.

전 세계 120여 개국으로부터 온 약 3,600여 명의 외국인이 한데 어울려 생활하는 이곳. '글로벌 미래 대비의 최전선'이라 할 수 있는 이곳에서 우리 청년들의 열정과 성실은 가히 돋보인다. 에너지 넘치는 그들과 한국의 내일을 다져갈 것을 생각하면 상상만으로도 가슴이 벅차다. 다방면으로 뛰어난 그들의 실력은 전 세계 어느 청년들과도 비교할 수 없을 정도로 뛰어나다. 젊은 나이에 언제 그렇게 준비했는지, 수준급의 컴퓨터 활용 능력부터 토플 · 토익, HSK(중국어 능력 시험), 다양한 국내외 연수 경험과 봉사 실적까지, 도무지 혀를 내두르지 않을 수 없을 정도다. 그러다 보니, 같은 또래의 외국 청년들로부터 "한국인들은 모두 천재 같다!", "한국인들을 보면 두렵다"는 말이 나오는 건 매우 당연한 일일 것이다.

그런데 이처럼 아름다운 한국 청년들에게서는 종종 불안한 모습도 내비친다. 해맑은 미소의 언저리에는, 그 미소를 질투라도 하는 듯한 어둠 또한 깊이 자리하고 있는 것 같다. 뛰어난 실력을 두루 갖추고 있음에도 그들은 어딘가 위축되어 있고, '무엇을 해도 불안감을 떨칠 수 없다'는 강박관념에 사로잡혀 있다. 끝이 안 보이는 스펙 경쟁 속에서 한창 피워야 할 청춘의 꽃봉오리를 감추고 있는 그들을 생각하면 가슴이 아프다. 이와 같이 힘든 상황에 처하게 만든 기성세대 중 한 사람으로서, 그리고 인생 선배로서 미안한 마음이 드는 것도 사실이다.

하지만 '궁하면 통한다'고 했다. 현재와 같이 힘든 상황은 어쩌면 과거보다 더 크고 새로운 활로를 지향하라는, 청년들에게 주어진 시대적 소명이 아닐까 한다. 해외에서 수년간 생활하며 한국 안팎의 상황을 지켜본 입장에서 말하건대, 그대들이 위축되고 고개 숙인 삶을 살 이유는 전혀 없다. 시야를 넓혀 보다 큰 무대로 나아간다면 그대의 미래는 그대가 상상하는 것보다 훨씬 밝고 창창할 것이다. 지구촌 곳곳을 앞마당 누비듯 활보하며 자신만의 더욱 멋진 삶을 향유할 수도 있으리라 확신한다.

글로벌 세계는 그대들을 기다리고 있다. 이미 '인재 공급 초과'가 되어버린 국내와는 달리, 글로벌 세계에는 무궁무진한 기회가 그대의 도전을 기다리고 있다는 것이다. 유감스럽게도 이 넓은 세계에서는 아직 한국 청년들의 모습이 눈에 띄지 않는다. 국내에서 스펙을 쌓는 데 혈안이 된 나머지 더 넓은 기회의 땅을 제대로 인식하지 못하고 있기 때문이다. 이런 시국 속에서 나는 우리 청년들이 한국인 특유의 열정과 진취성을 발휘해 글로벌 무대로 뛰어들 것을 제안한다. 이미 우리 사회 도처에 마련되어 있는 다양한 제도를 통해서 말이다.

이 책에는 어학연수나 해외 유학, 해외 취업에 필요한 다양한 방법부터 이에 필요한 마음 자세, 해외 현지에서 생활할 때 유의해야 할 점 등 글로벌 인재로 거듭나는 데 필요한 실질적인 정보가 제시되어 있다. 아울러 이미 해외 유학과 취업 등을 성공적으로 해낸 사례를 토대로 여러 가지 지침을 전달한다. 이를 통해 동시대를 살아가고 있는 한국 청년들과 동일한 연령대인 외국 청년들의 삶의 태도도 접할 수 있다. 이 모든 것은 1995년부터 현재까지 미국과 일본, 중국 유학을 비롯해 25여 개국에서 다양한 인적 교류를 맺고 '해외 취업 전문가' 역할을 해온 나의 경험을 총망라한 것이다.

아무쪼록 이 책을 통해 우리 청년들이 자신이 처한 현주소를 냉철하게 돌아보고, 그것을 토대로 더 넓고 유망한 세계에서의 밝은 내일을 설계해나갔으면 하는 바람이다. 21세기의 주역이 될 오늘날의 청년들에게 간곡히 당부한다. 젊은 시절에 세상을 보는 눈을 넓히고 미래에는 더 가벼운 마음으로 보다 넓은 세상을 향해 힘차게 도약하라!

이 미흡한 졸저를 한국의 미래를 이끌어갈 모든 청년들과 사랑하는 나의 아들 우지혁 군에게 바친다.

## Part 3. 국경 밖에서 '진짜' 청춘을 낚아라

Part 1.
## 청춘,
## 문제의 씨앗을
## 뿌려라

# 머뭇거림은 3초 안에 끝내라

행동력을 착실하게 향상시키려면
그대가 해야 할 일을 이 순간부터 주저 말고 시작하고,
전력을 다해 부딪혀나가라.
이 외에 성공의 비결이란 절대로 없다.

_하라 잇페이<sup>原一平</sup>, 일본의 전설적인 보험왕

이 세상에 꿈이 없는 사람이 있을까? 실현 가능해 보이는 꿈이든 전혀 불가능해 보이는 꿈이든, 사람들은 저마다의 꿈을 하나 둘씩 품고 있다. 혹 실현하기 너무 어려운 꿈이라 할지라도, 모든 꿈은 각박한 현실을 이겨낼 수 있게 하는 긍정적인 에너지를 선사한다. 다만 다른 점이 있다면 그 꿈을 대하는 사람들의 태도다. 어떤 이는 고민과 망설임을 거듭한 끝에 꿈을 포기하는가 하면, 또 어떤 이는 고민하기보다 꿈을 향해 과감히 몸을 내던진다. 그리고 또 다른 이는 현실적으로 실현이 가능한 목표를 차례대로 설정하고 한 걸음, 한 걸음씩 나아가기도 한다.

안타까운 사실은 그들의 꿈에 대한 세상의 시선이 그다지 따스하

지 않다는 것이다. 세상 사람들은 꿈에 관한 젊은이들의 고민을 위로하고 격려하기보다, 자신만의 잣대를 들이대며 불가능한 꿈이라고, 허황된 생각에 지나지 않는다고 평가하고 그들의 꿈을 재단하려 든다. 하지만 그들의 편견이나 세상의 혹독한 잣대를 원망하거나 탓할 필요는 없다. 신념만 있다면 그저 꿈을 실현할 도구를 하나하나씩 꺼내 들고 걸어가면 그만이다. 누가 뭐라 하건 묵묵히, 뚝심 있게 걸어가는 사람은 그 누구도 이길 수 없다.

인생이란 길고 긴 무대에서 꿈을 실현한 주인공이 되기 위해 필요한 가장 중요한 자질은 무엇일까? 바로 적극성이다. 지금 그대가 절실히 필요로 하는 '그것'은 그 누가 대신 찾아 가져다줄 수 없다. 실패한 경험 때문에 주눅이 들거나 혹은 실패할까 봐 겁이 나더라도, 몇 번이고 용기 내어 도전에 부딪히고 성과를 거두어내는 사람만이 결국 원하는 바를 성취할 수 있다.


꿈에 대한 이야기를 하다 보니 중국에서 공부했던 제자 L군이 생각난다. L군은 그야말로 '하늘의 별 따기'라는 취업 문을 과감히 두드려 보란 듯이 성공하고, 입사한 지 얼마 지나지 않아 회사 안팎에서 두루 촉망받는 '글로벌 코리언'으로 살아가고 있다.

취업의 문 앞에서 사람들이 제일 많이 따지는 '스펙'의 잣대로만 보자면, 사실 L군은 그다지 뛰어난 인재가 아니었다. 2년제 대학 출신에 중국어 구사 능력이 특별히 뛰어나지도 않은 그는 그저 그런

평범한 학생에 불과했다. 그러나 그를 떠올리면 퍼뜩 떠오르는 특징이 하나 있는데, 바로 누구에게도 뒤지지 않는 적극성이다. 어디든 들쑤시고 다니는 적극성, '기차 화통 삶아 먹은 듯한' 목소리. 경상도 억양이 섞인 큰 목소리로 캠퍼스를 여기저기 활보하는 패기 때문에 그는 어디에 있든 눈에 띄었다.

"내 한국에서 왔는데, 우리 친구 안 할래요?"

L군은 언제, 누구에게든 먼저 다가가 특유의 화통함을 발휘했다. 급기야 그는 캠퍼스 내의 유명 인사가 되었다. 심지어 교내 미화원이나 경비원들과도 얼굴을 트고 다닐 정도였다. 목소리 크기로 둘째 가라면 서러워할 중국인들조차도 그를 만나면 "저 사람 목청 한번 우렁차네" 하고 웃곤 했다.

당당한 성격을 타고난 L군은 중국어 실력이 남들보다 다소 뒤처져도 절대 기가 죽는 법이 없었다. 대화 중에 말문이 막히면 한자를 써 가며 필담筆談을 나누는 식이었다. 결국 변변치 않던 그의 중국어 실력은 6개월 만에 주위의 부러움을 살 정도로 좋아졌다. 경상도 억양의 투박한 말투가 중국인들에게도 구수하게 들렸는지 듣는 사람마다 그의 중국어를 좋아했다.

나 역시 인간미가 물씬 풍기는 그에게 호감을 갖고 있었다. 나는 어느 날 그를 불러 넌지시 물어보았다.

"남들한테 먼저 다가간다는 게 쉽지만은 않은 일인데, 어떻게 그렇게 거리낌 없이 행동할 수 있지?"

그의 반응은 다소 의외였다.

"저라고 뭐 다를 게 있겠습니까. 쑥스럽고 어색한 건 저도 똑같죠. 사실 제가 남들에 비해 평범하고 이렇다 할 재능이 없어서 부지런이라도 떨어야겠다, 생각한 겁니다. 사방으로 저보다 배경 좋고 잘난 사람들뿐이고, 그 속에서 주눅 들어가는 게 너무 비참하고 이대로 살면 안 되겠다 싶더라고요. 그래서 잘하는 건 별로 없어도 내 개성이라도 발휘해봐야겠다 한 겁니다. 저같이 평범한 사람은 아무도 먼저 찾아주지 않으니 저라도 먼저 찾아가야죠."

그간 남몰래 마음고생이 심했는지 그의 눈에 눈물이 살짝 맺혔다. 나는 그 눈물에서 삶에 대한 절박함을 보았다. 제아무리 뛰어난 실력을 갖고 있어도 실행하지 않고 머뭇거리고만 있으면 자기 몫을 찾기 힘들다. 먼저 나서서 자신을 드러내지 않는 한 언제까지나 군중 속의 한 명으로 남기 십상이니 말이다. 좋은 스펙으로 똘똘 뭉친 사람이라도 적극적이고 도전적인 사람에게는 당해낼 재간이 없다.

중국이라는 큰 대륙은 L군에게 도전해보고 싶은 미지의 땅이었다. 그리고 지금 그는 그 미지의 땅을 종횡무진 누비고 다닌다.


무엇인가가, 또는 누군가가 필요하다면, '어떤 사람이 되고 싶다'는 그림이 있다면 스스로 방법을 만들어 거기에 도달해야 한다. 새로운 도전 앞에서 '누가 날 반겨주겠어', '어떻게 다가가야 하지?', '내가 과연 해낼 수 있을까?' 하고 머뭇거리고 주저하게 되는 건 누구나

똑같다. 다만 그 망설임을 행동으로 옮기는 사람만이 성공을 쟁취할
수 있는 것이다. 명심하라. 세상은 결코 가만히 앉아 있는 사람을 먼
저 찾아주지 않는다.

# 결핍은 축복이다



_공자孔子, 중국 고대 사상가

자신이 가진 것에 100% 만족하는 사람이 과연 얼마나 될까? 사람들은 언제나 자기 위치보다 상위에 있는 사람과 스스로를 비교하고, 그 때문에 항상 자신에 대한 불만을 안고 살아간다. 그래서 못 가진 것을 갖기 위해, 또는 더 많이 갖기 위해 앞만 보고 무한 질주하는 삶을 산다. 물론 살면서 부족한 것이 많으면 불편하기도 하고 경우에 따라 고통스러울 때도 있다. 하지만 만족을 모르는 사람들이 곧잘 간과하는 것이 있다. 때로는 결핍이 우리들에게 더 많은 것을 베푼다는 사실이다. 채워야 할 결핍의 공간이 있다는 건, 처음부터 너무 많은 것을 가져서 권태로운 것보다 훨씬 보람되고 즐거운 일이 아닌가.

결핍은 채움을 위한 과정이고 그 과정은 결코 괴로운 일만은 아니다. 한 계단, 한 계단씩 성장해나가는 자신을 발견할 때의 기쁨을 생각해보라.

나는 내가 태어나고 성장한 지방의 한 대학을 나왔다. 서울 명문대 출신이 아니라는 이유로 학력 콤플렉스가 있었던 나는 늘 스스로 많이 부족하다고 느꼈다. 그리고 그 부족함을 채우기 위한 길을 걷다 보니, 어느덧 지금의 자리에까지 이르게 되었다. 부족한 학력을 보완하기 위해 나는 학사를 마치고도 계속해서 학업에 매진해 일본 동경 게이오대학에서 석사 졸업을 하고, 박사 과정 수료 후에는 미국의 미네소타 주립대학 로스쿨(LL.M)로 갔다. 이후 다시 중국 상하이 화동사범대학으로 가서 최종적으로 박사학위를 취득했다. 이렇듯 석·박사 공부를 각기 다른 나라에서 하다 보니 일본과 미국, 중국까지 3개국을 두루 경험할 수 있었다. 따지고 보면 이 모든 경험은 결국 나의 결핍을 메우기 위한 여정이었다.

그렇다고 3개국의 유학 생활을 지원해줄 정도로 집안 형편이 좋은 편은 아니었다. 아니, 오히려 나쁜 편에 속했다. 인천의 가난한 노동자 집안에서 둘째로 태어난 나는 집들이 다닥다닥 붙어 있는 달동네 풍경이 낯설지 않다. 어린 시절 가족들은 언제나 산꼭대기 달동네를 전전했다. 고등학교를 졸업하던 무렵까지 우리 삼형제와 부모님은 한 방에서 잠을 자야 했다. 어린 마음에 가난이 주는 불편함에 못 이

거 아버지에게 투정을 부린 적도 한두 번이 아니었다.

고등학교 2학년의 어느 날이었다. 등교 전 밥을 먹고 이를 닦으려는데 치약이 보이지 않았다. '치약 어디 갔냐'는 내 말에 아버지는 '저녁에 사올 테니 지금은 소금으로 닦아라'라고 하셨는데, 치약 하나 살 형편도 안 되는 처지가 너무도 속상했던 나는 그만 버럭 신경질을 내버렸다.

"아니, 도대체 무슨 집이 치약도 없어!"

그때 아버지의 그 난처한 표정, 힘없는 가장의 얼굴을 나는 아마 평생 잊지 못할 것이다. 지금 생각해도 얼굴이 달아오르는 그 철없는 행동에 당황했을 아버지를 생각하면 너무나 마음이 아프다.

형편이 이러했으니 삼형제의 대학 진학은 꿈도 꿀 수 없었다. 결국 나는 꼭 가고 싶은 대학보다는 장학금을 받을 수 있는 대학을 선택해야 했다. 그렇게 학비를 해결하고 나자 이번엔 생활비가 문제였다. 별수 없이 온갖 아르바이트를 닥치는 대로 했는데, 당시는 대부분의 동기들이 거리로 나가 민주화를 외치던 때였다. 하지만 나는 당장의 절박한 생존 문제로 동기들에 대한 미안함을 애써 외면해야 했다. 우습게도 시위에 나서는 동기들을 못내 부러워하기도 했는데, 그럴 때마다 또다시 치기 어린 시절 품었던 부모님에 대한 원망감이 치솟곤 했다. '우리 집은 왜 이리 가난할까'라는 생각에만 휘말려 평범한 가정에서 자란 친구들이 마냥 부러웠던 것이다. 당연하게도 이런 생각은 상황 해결에 전혀 도움 되지 않았고, 오히려 마음 한구석에 미움으로 인한 어두운 그림자만 자리 잡아갔다. 그 후 군대에 입대한 나는 '어차피 바꿀 수 없는 현실'에 대한 인식을 서서히 바꾸어 나갔다. 운명의 칼자루를 쥔 주인은 바로 '나'라는 사실을 끊임없이 상기했고, 그러자 점점 용기가 샘솟았다.

주변 환경을 바꿀 수 없다면 마음 자세를 바꾸는 것이 가장 현실적이고도 지혜로운 대처법이다. 마음을 개선하고 목표에 집중하다 보면 열악한 환경은 저절로 개선되는 법이다. 이건 내가 온몸으로 겪어 터득한 진리이니 믿어도 좋다.

그대의 청춘은 무엇 때문에 아파하는가? 무엇 때문에 슬픔 혹은 절망에 빠져 있는가? 오늘부터는 그대의 힘으로 결코 바꿀 수 없는 그 '무엇'에 집중하지 말고 마음의 안테나를 돌려버려라. 해결할 수 없는 일에 힘 빼지 말고 그대가 할 수 있는 일에만 집중하라.

# 사람이 스승이다



나는 평소에 자아를 발견하는 방법 중 하나로 여행을 곧잘 권한다. 익숙한 곳을 벗어나면 그동안 자신이 머물렀던 곳이 더 잘 보이고, 안주하던 생활에서 벗어나 새로운 도전과 모험을 할 용기가 생기기 때문이다. 낯선 세계로의 탐험은 젊음의 특권이기도 하다.

여행에는 돈과 시간이 필요한 법인데, 딱 한 가지 돈이 안 드는 여행이 있다. 바로 '사람으로의 여행'이다. 인생이라는 길 위에서 만나는 한 사람, 한 사람을 통해 배우고 깨달음을 얻는 여정을 나는 그렇게 부른다. 우리 주위에 있는 사람들은 한 명, 한 명이 모두 또 하나의 우주이자 멋진 신세계다. 그들을 통해 우리는 그동안 몰랐던 새로운 세상을 접하게 되고, 타인의 경험을 통해 많은 것을 배우기도 한다. 이처럼 삶에 활기를 더해주는 사람으로의 여행을 일상화하라고 권하고 싶다. 사람은 곧 인생의 스승이니 말이다.

돌이켜보면 내게는 사람으로의 여행 파트너가 적지 않았다. 그중 한 명인 J군을 먼저 소개할까 한다. 그는 한국에서 고등학교를 졸업한 뒤 해병대를 나와서 일본으로 건너갔다. '큰물에서 놀라'는 선임병의 조언 때문에 그런 결정을 내렸다고 그는 말했다. 사실 그의 첫인상은 다소 부담스러웠다. 거침없이 적극적으로 다가오는 태도와 도깨비 탈을 연상시키는 험상궂은 인상 때문이었다. 날카롭게 치솟은 눈썹, 부리부리한 코, 나름 우호적인 인상을 주기 위해 지어 보이는 어색하기 짝이 없는 미소……. 그런데 그는 내 마음과 달리 나를 무척 친숙하게 대했다. 불쑥불쑥 사무실을 찾아와서는 별다른 용건도 없이 혼자 횡설수설하다 이런저런 질문을 던지다 말고 "아무튼 앞으로 잘 가르쳐주세요" 하고는 돌아가는 식이었다. 스스럼없이 다가와 말을 거는 그의 태도에 내 쪽에서도 점차 그를 친숙하게 느끼기 시작했다. 그리고 얼마 지나지 않아 그동안 내가 외모로 인한 선입견에 빠져 있었음을 깨달았다. 진솔하고 호의적인 그의 태도가 나의 선입견을 금세 허물어뜨린 것이었다.

그는 다른 사람에게 자기 자신을 소개하는 데 매우 적극적이었다. 주변 사람들은 물론 지인에게 소개받은 사람에게도 늘 먼저 다가가 말을 걸곤 했다. 친숙하고 사교적인 성격이 매력인 그에게는 다소 험상궂은 외모도 흠이 되지 않았다. 오히려 사람들은 그의 외모에 어울리는 귀여운 애칭을 붙여 친숙하게 부르기 시작했다.

또 다른 파트너인 일본인 다카하시 군을 소개한다. 다카하시 군은 내가 일본 유학 중에 설립한 소규모 NGO 단체 '한일아시아기금'에서 자원봉사를 하며 처음 만났다. 그는 앞서 이야기한 J군과 비슷한 면이 많았다. 처음 만날 당시 그의 나이는 열여덟 살이었는데, 겸손하고 이해심이 넓은 데다 상당히 박학다식해서 도저히 그 나이로 느껴지지 않았다. 그 역시 사람들과 대화하고 어울리는 것을 매우 즐거워했다. 단순히 적극적이고 외향적인 사람과는 달랐다. 그는 세대를 불문하고 다양한 사람들과 어울렸다. 또래인 10대는 물론이거니와 삼촌뻘인 30대를 거쳐 부모 세대인 4-50대, 심지어 조부모 격인 6-70대 사람들에게도 격의 없이 다가가 인사하고 자연스럽게 친분을 쌓아나갔다.

타고난 친화력은 넓은 인맥으로 이어졌고, 대학 입학 후 젊은 나이에 한일아시아기금 일본 사무국의 사무국장 자리에 앉았다. 당시 그의 활약으로 한일아시아기금은 2004년에 캄보디아 정부로부터 정식 NGO로, 2005년에는 일본 정부로부터 정식 NPO로 승인받았다. 10대부터 70대에 이르는 자원봉사자들과 기부금을 납부하는 회원들이 모인 연차 총회에서 그 어린 나이에 국장으로 선출된 것은 세대를 초월한 그의 인맥을 증명하는 일이었다.

그렇다면 이 두 사람에게 사람들과 쉽게 융화되는 타고난 재능이 있는 걸까? 나는 그렇지 않다고 본다. 타인과 관계를 맺을 때 크고 작은 오해를 겪을까 봐 두려워하고, 새로운 사람을 만나면 불안해하는 것은 우리 모두가 똑같다. J군과 다카하시 군은 이러한 장애물을 힘겹게 뛰어넘은 사람이었다. 또 그렇게 함으로써 자신의 인격도 연마해갈 수 있었다.

J군의 경우 과거에는 우락부락한 인상 때문에 사람을 피한 적도 있었다고 한다. 다카하시 군도 마찬가지였다. 그가 과거에 조울증과 대인기피증을 겪었다는 얘기를 그의 아버지로부터 들었을 때 나는 무척이나 놀랐다. 현재 성격으로는 상상도 할 수 없었기 때문이다. 이처럼 두 사람은 모난 돌 같은 자신의 성격을 갈고닦아 매끈한 조약돌로 만들었고, 그 과정에서 많은 성장을 할 수 있었다.

사회에서 자신과 맞는 사람하고만 지낸다는 것은 전혀 불가능한 일이다. 조금 맞지 않는 사람과도 대화를 해보고 다양한 성향의 사람들과 어울리다 보면 자신의 성격과 인격도 자연히 다듬어지게 마련이다. 매일 매일 다양한 연령, 다양한 배경, 다양한 성격의 사람들을 만나보자. 사람과의 관계에서 오해와 갈등을 완전히 피할 수는 없다는 사실도 미리 인정해두자. 20여 년 혹은 3-40년 넘게 길러온 서로 다른 인격이 만날 때 생기는 시너지는 혼자서는 결코 구할 수 없는 것이다.

다른 사람 앞에서 실수를 연발하거나 의도치 않은 행동으로 오해를 사고 갈등이 일어나더라도 그 자체가 배움과 성장의 한 과정이고, 이 모든 시행착오가 '더 나은 나'로 거듭나기 위한 밑거름이 될 것이다. 기억하라. 실수와 시행착오는 그대가 상상하는 것 이상의 위대한 결과를 만들어낸다. 한 번도 실패하지 않은 성공이 있다면, 그것은 실패가 예고된 성공이나 다름없다.

# 꿈도 정기검진이 필요하다



20대 청춘의 자살률이 늘어가고 있다. 예민한 감수성과 인생에 대한 포부로 가득 차 있는 젊은 날에는 좌절의 무게도 무거울 것이다. 특히 현실적인 조건 때문에 꿈을 포기해야 할 때 청춘이 느끼는 좌절감은 이루 말할 수 없다. 특히 나와 같이 오랜 경제적 궁핍을 겪은 젊은이라면 더더욱 그럴 것이다.

하지만 언제나 꿈꾸듯 산다는 것은 좋은 일이다. 물론 그 꿈이 실현 가능한 비전이라면 말이다. 현실에 굳건히 발을 디딘 사람이 가슴속에 품은 원대한 꿈은 삶의 활력소가 된다. 지금 그대가 처한 일상, 현실이 혹 비루하게 느껴질지라도 꿈의 크기에 한계를 지을 필요는 없다. 다만 기억해둘 것이 있다. 꿈도 사람이나 동물과 같이 현실이라는 토양에서 움틀 수 있다는 사실이다. 실현이 전혀 불가능한, 계획성 없는 꿈은 그저 환상에 불과하다. 또한 꿈은 융통성이 있어야 한다. 다시 말해 처해진 환경에 따라 변화할 수 있어야 한다. 현실과 상관없이 오직 한 가지 모양만을 고집하는 고정적인 꿈은 꿈꾸는 사람을 북돋기보다 지치게 만들게 마련이다. 처한 상황에 따라 꿈이 변화하고 성장하는 것은 아주 당연한 일이다.

나는 캠퍼스에서 현실적인 문제로 꿈을 실현하지 못해 좌절하는 학생들을 많이 보았다. 대학 시절 혹은 고교 시절부터 고이 간직해온 꿈이 경제적 혹은 사회적인 이유로 밀려날 때 많은 청춘들이 그대로 무너져버린다. 오로지 그 꿈을 향해 앞만 보고 달리다가 갑자기 현실과 이상의 괴리를 깨닫고 좌절하는 것이다. 심지어 우울증에 걸려 병원 신세를 지는 학생들도 보았다. 늘 쾌활하고 적극적이던 학생이 진로 문제로 불면증에 시달리는 모습, 취업에 거듭 낙방하여 좌절하는 모습, 터무니없이 낮은 시험 결과 때문에 속상해하고 울고 있는 학생들의 모습을 옆에서 보고 있노라면 가슴 한구석이 쓰리다. 나 역시 걸어왔던 길이며 수십 번도 더 느껴봤던 절망이기 때문이다. 하지만 그런 순간에 가장 필요한 것은 융통성이다. 꿈이 현실의 벽에 가로막혔다면 우회로를 택하거나 꿈의 그림을 재설계해보는 융통성을 발휘할 필요가 있다.

실수를 두려워하는 모범생은 단 한 번의 좌절도 딛고 일어서기 힘들다. 그런 사람들은 어려서부터 몸에 익힌 계획성 있는 생활을 변함없이 유지한다. 하루, 1년, 5년, 10년 앞까지 내다보고 계획을 세운다. 그러면서 차츰 인생의 주인 자리를 '계획'에 빼앗긴다. 스스로 주체가 되어 살아가는 것이 아니라 '계획'이라는 주인에게 종속되어 살아가는 것이다.

그러나 지금이 어떤 시대인가. 과학 기술은 하루하루가 무섭게 발전하고 상상도 못했던 자연 재난이 잇달아 발생하는, 그야말로 한 치 앞을 내다보기도 힘든 세상이 아닌가. 이런 세상에서 장기적인 꿈을 계속 밀고 나가는 것 자체가 무의미한 일이 아닐까? 장기적인 계획을 세우지 말라는 말이 아니다. 목표를 세우되 주변 환경, 추세의 변화에 맞추어 융통성 있게 바꾸어나가라는 뜻이다.

시험에서 떨어지면 어떤가? 취업에 실패하면 어떤가? 돌아보지 말고 다음 기회를 노리면 된다. 실패를 딛고 힘차게 도약할 때 더 나은 세상, 더 나은 기회를 만날 수 있다.

그대의 꿈은 무엇인가? 열 살에 품었던 꿈과 같은가, 다른가? 어떤 꿈을 꾸든, 그 꿈이 늘 그대와 더불어 변화하고 성장하도록 하라. 기회가 닿을 때마다 인생 선배에게 조언을 구하는 것도 좋은 방법이다. 그들에게 그대의 꿈에 대해 이야기하거나 고민을 털어놓아보라. 상대가 어떤 현명한 대답을 내놓지 않더라도, 그대 스스로 또 다른 길, 더 좋은 해결책을 찾을 수도 있다.

　과거의 그대와 지금의 그대가 다르듯 꿈 또한 과거의 그것과 다를 수 있다. 꿈이 변했다고 해서 실망할 필요는 없다. 그저 현실적인 상황에 맞추어 꿈도 변화하고 성장했을 뿐이다. 고정관념에 사로잡혀 꿈을 억압하지도, 꿈이 달라졌다고 방황하지도 말고 더 높이, 더 멀리 보는 시선을 가져라. 건강한 몸을 유지하려면 주기적인 건강검진을 받아야 하듯, 그대의 꿈 역시 정기적인 검진이 필요하다.

# 적극적으로 돕고, 적극적으로 도움받아라

우리 모두는 삶의 중요한 순간에
타인이 우리에게 베풀어준 것으로 인해
정신적으로 건강하게 살아갈 수 있다.

_앨버트 슈바이처Albert Schweitzer, 독일계의 프랑스 의사


나의 태국인 친구 중에는 항상 앞장서서 남을 돕는 사람이 있다. 그는 상대방이 부탁하기도 전에 미리 상대가 필요로 하는 것을 알아채고 도움의 손길을 내민다. 그의 남다른 행동이 신기하기도 하고 내심 부럽기도 해서 하루는 '어떻게 그렇게 늘 남을 도울 준비가 되어 있느냐'고 물었다.

그는 말했다.

"그냥 내가 할 수 있는 선에서 베풀고 싶을 뿐이야. 내가 누군가에게 도움이 된다면 그런 기회를 얻은 나도 고마운 거지, 뭐."

그 친구의 주변에는 늘 도움을 주고받는 작은 샘터가 준비되어 있다. '인간의 진정한 재산은 그가 이 세상에서 행한 선행이다'라는 가

르침을 몸소 실천하며 살고 있는 것이다.

　미국 유학 시절 나는 미네소타 주 로즈빌에 있었는데, 그곳의 한 동네에 있는 '솔 식당'을 잊을 수가 없다. 그곳 사장은 내게 그야말로 화수분 같은 사람이었다. 당시 나는 결혼 후 아내와 함께 유학길에 올랐다. 혼자 왔다면 좀 더 자유롭게 지냈겠지만 아내와의 동행이었기에 유학 시절 내내 아내를 고생시키고 싶지 않다는 생각에 빠져 지냈던 것 같다. 더구나 미국에 온 지 얼마 안 되어 임신을 해서 이것저것 불편한 일이 많았다. 그럴 때마다 솔 식당 사장은 항상 우리에게 도움의 손길을 베풀었다. 거주지를 정하는 문제부터 살림살이 마련까지, 그의 손길이 안 닿는 부분이 없을 정도였다. 그가 없었다면 임신한 아내의 고생은 이루 말할 수 없이 컸을 것이다. 아내가 한국 음식이 먹고 싶다고 말하면 그는 먼 거리도 마다 않고 가서 재료를 구해다 주거나 직접 요리를 해주기도 했다.

　사실 처음에 나는 그의 이 같은 호의를 다소 부담스럽게 받아들였다. 하지만 그를 잘 아는 주변 사람들의 말과, 언제나 한결같은 그의 태도로 인해 인간관계에 대한 나의 선입관과 가치관도 서서히 변해갔다.

　유학 생활을 마치고 그를 만난 어느 날 나는 그의 인생철학을 더 깊이 들여다볼 수 있었다. 마틴 루터 킹을 존경한다는 그는 삶에서 가장 중요한 것은 '다른 사람을 위해 무엇을 하고 있는가'라고 말했다.

"그동안 살아오면서 나는 사람들에게 숱한 도움을 받았습니다. 내가 받은 것조차 제대로 돌려주지 못하면 인생에 무슨 의미가 있겠습니까. 그러니 이렇게 열심히 발로 뛰는 거죠."

물론 지금도 내 곁에는 나를 지지하고 호의를 베푸는 사람들이 많이 있다. 그리고 때론 일방적으로 도움을 받기만 할 때도 있다. 그럴 때마다 나는 전처럼 부담을 느끼기보다 내가 받은 무언가를 또 다른 이에게 베풀어야겠다고 다짐한다. 그 도움이 아무리 사소한 것일지라도 말이다.

인간의 가치는 얼마나 사랑받고 있느냐가 아니라, 얼마나 많은 사랑을 베풀었는가에 달려 있지 않을까?

영국의 수필가 찰스 램은 말했다.

"사람은 두 종류가 있다. 빌리는 사람과 빌려주는 사람이다."

나는 이 말을 이렇게 바꾸고 싶다.

"사람에게는 두 가지 측면이 있다. 빌리는 측면과 빌려주는 측면이다."

자신에게 부족한 부분에 관해서는 적극적으로 도움을 구하고, 또 다른 사람에게 부족한 부분이 있다면 적극적으로 도와주자. 도움받고 도움을 주는 것이 우리네 삶이 아닌가. 사람을 뜻하는 한자 '인人'을 보면 서로 의지를 하고 있는 형상이다. 인간은 서로 도움을 주고받는 존재라는 의미가 담긴 것이다. '인간人間'이라는 한자 또한 '사람人 사이間'에서 살아가야 하는 것이 우리의 숙명이라는 것을 보여준다.

　제아무리 뛰어난 능력의 소유자라 할지라도, 또 제아무리 막대한 부의 소유자라 할지라도 홀로 모든 것을 해결할 수는 없다. 오늘부터 더 많이 베풀고, 더 많이 도움받자. 상상해보라, 세상이 더 둥글둥글해지고 풍요로워질 것 같지 않은가?

# '발 공부'가 진짜 공부다

다리를 움직이지 않고는 좁은 도랑도 건널 수 없다.
소원과 목적은 있으면서 노력이 따르지 않으면
아무리 환경이 좋아도 소용이 없다.
비록 재주가 뛰어나지 못하더라도
꾸준히 노력하는 사람은 반드시 성공을 거두게 된다.

_알랭Alain, 프랑스 철학자


"일하라. 더 많이 일하라. 끝까지 일하라!"

독일의 철혈재상 비스마르크가 청년들을 향해 한 말이다. 나는 이 말을 다음과 같이 바꿔 청년들에게 전하고 싶다.

움직여라. 더 많이 움직여라. 끝까지 움직여라!

매사에 주저하고 소심한 사람은 많은 일들을 불가능한 일로 여긴다. 하지만 집 안에서 바라보는 창밖의 세상은 결코 현실감 있게 다가오지 않는 법이다. 망연히 집 안에 앉아 창문만 바라보는 동안 바깥세상 사람들은 하루가 다르게 성장하고 변한다.

때로는 머리보다 발을 굴릴 필요가 있다. 이제 집 밖으로 걸어 나와서 세상을 온몸으로 느껴보자. 삶을 제대로 살려면 지성만으로는 부족하다. 도서관 안에서의 '손 공부' 못지않게 '발 공부'도 중요하다는 것이다. 그래서 나는 강연을 할 때 늘 '대학 문을 박차고 나가라'고 강조한다. 교내에서 전공 분야에 대해 연구하는 것도 중요하지만, 이미 존재하는 수많은 이론들이 실생활에 어떻게 적용되고 응용되는지 발견하는 것 또한 매우 가치 있는 공부이기 때문이다.

'손 공부'보다 '발 공부'에 더 적극적이었던 나는 미국 로스쿨에서의 유학 생활이 다소 고역이었다. 학교 특성상 도서관 공부 위주로 매달리지 않으면 안 되었기 때문이다. 하루 24시간 중 순수하게 책에만 집중한 시간이 평균 열네 시간에 이를 정도였다. 그렇다면 그때 그토록 열심히 머릿속에 입력해두었던 내용이 지금까지 남아 있는가 하면 그렇지도 않다. 공부했던 이론도 그저 가물가물 떠오르는 수준이다.

한편 일본 게이오 대학을 다니던 시절은 완전히 달랐다. 나의 성향을 존중해주고 지원해주는 지도 교수님 덕분이었다. 일본 국제법학회에서 몇 손가락 안에 드는 저명한 국제법학자인 그분은 포용력이 아주 남달랐다. 자신과 전혀 다른 이론, 취향, 성격을 지닌 사람일지라도 있는 그대로의 그들을 인정해주었다. 제자들의 성향에 따라 최대한 능률을 발휘하도록 해준 교수님의 배려 덕에 나는 '발로 뛰는 공부'를 게을리하지 않았다. 그리고 그 시절 캠퍼스 밖에서 맺은 많은 인연은 지금 내 삶의 소중한 시금석으로 남아 있다.

철학자 루소는 말했다.

"산다는 것은 호흡하는 것이 아니라 행동하는 것이다."

열정적인 삶을 사는 데 발 공부가 얼마나 중요한 역할을 하는가를 일깨워주는 말이다.

요즘 청년들은 국내의 과도한 스펙 경쟁 때문에 도서관에 가지 않거나 학교에서 멀어지면 불안감을 느끼는 것 같다. 하지만 책으로 읽고 외운 지식이 얼마나 오래가는가? 행동하고 실천하는 지식이야말로 인생의 귀중한 재산이 아닐까? '얻으려면 움직여라'라는 평범한 진리를 떠올려볼 때다.

# 스펙에서 인생의 정답을 찾지 마라

자유롭게 피어나는 것,
이것이 내가 내린 성공의 정의다.

_게리 스펜스Gerry Spence, 미국 최고 변호사

요즘 청년들 사이에서의 스펙 경쟁은 실로 엄청난 수준이다. 돈과 열정, 시간을 다 바쳐가며 모두가 똑같은 목표를 향해 달리고 도토리 키 재기를 하는 것 같다. 그 결과 학력 인플레는 점점 더 심해지고 경쟁의 기준은 또 점점 높아져간다.

나는 8년째 중국에서 지내고 있다. 원래 계획은 중국에서 1년간 생활하며 중국 문화를 더 밀접하게 체험하고 더 많은 중국인들과 교류를 맺어볼 요량이었다. 그런데 직접 와서 체험해본 중국은 그동안 내가 알고 있던 중국과 아주 많이 달랐다.

오늘날 중국이라는 존재의 중요성에 대해서는 군이 강조할 필요

도 없을 것이다. 그럼에도 불구하고 19세기와 21세기가 공존하는 중국에 대해 우리 사회는 너무도 부정적인 시선을 보내고 있다. 오직 낙후되고 후진적인 중국의 단면에만 집중하고 있기 때문이다. 내가 애초에 계획했던 것보다 더 오랫동안 중국 생활을 이어가고 있는 것도 이 때문이다. 이곳에 있는 기간이 길어질수록 나는 중국에 도사리고 있는 엄청난 기회에 놀라곤 했다. 한국 청년은 이제 더 이상 중국을 경계하거나 무시하지 말고 '기회의 땅'으로 볼 필요가 있다. 더구나 한중 관계는 앞으로 떼려야 뗄 수 없는 밀접한 관계로 발전해 나갈 것이다.

이러한 이유로 나는 한국 청년들을 만날 때마다 중국, 나아가 아시아를 성공의 발판으로 삼으라고 설득하고 있다. 그 일환으로 한국 청년들을 위한 몇몇 특화 과정을 만들었다. 이를 통해 한국의 많은 대학생들이 방학에는 '계절학기 특화 과정'으로, 3·9월 학기에는 '7+1학기 특화 과정'으로 중국을 찾고 있는데, 하나같이 예상치 못한 중국의 모습에 놀라고 간다. 한국에선 결코 발견할 수 없었던 중국의 잠재력에 놀라는 것이다. 특히 많이 주목하는 부분이 이 땅의 다양성이다. 내가 근무하는 상하이의 학교만 해도 120여 개국의 학생들이 모여 있으니 캠퍼스 곳곳에서 중국어, 영어, 일본어, 한국어 등이 섞여 들려온다. 그야말로 다국적 캠퍼스인 셈이다. 이런 환경에서 공부를 하니 학생들은 자연스럽게 '나와 다른 문화', '나와 다른 사람'을 받아들이는 법을 배우게 된다. 유럽은 너무 멀어서, 미국과 일본은 물가가 너무 비싸서 부담스럽다면 지리적·경제적으로 부담이 덜한 상하이에서 글로벌 마인드를 익혀볼 것을 권한다.

이곳에서 만난 청년들은 낙후된 중국, 가짜가 판을 치는 중국, 무례하고 시끄러운 국민만 있는 중국이 아니라, 무한한 잠재력을 지닌 중국에 집중한다. 특히나 굉장히 현실적이고 경제적인 중국인들을 보며 느끼는 바도 많다고 한다.

언젠가 7+1학기 특화 과정으로 왔던 K군의 말이 기억난다.

"여기 오기 전까지 저는 우리 사회가 만들어놓은 '스펙'이라는 정답에 빠져서 그게 세상의 전부인 줄로만 알았어요."

중국에 오기 전까지 그는 중국어 공부에 욕심도 있었고 다른 나라 사람들과 소통할 기회를 만들고 싶어 했다. 그러나 취업난이 극심한 한국에서는 토익 점수, 학점, 봉사 활동, 자격증 등 스펙을 쌓기 위해 준비할 것이 끝도 없었고, 취업을 위해서는 어쩔 수 없는 과정이라 여겼다고 한다. 또 영어는 미국이나 영국에 가서 배워야 한다는 편견도 있었다고 한다. 그렇게 그는 매일매일 관성에 젖은 삶을 살았다. 그런 생활 속에서 새로운 세상으로 향하는 길이 발견될 리도 없었다. 그리고 중국에 와서야 비로소 새로운 세상에 눈을 뜬 것이다.

타성에 찌든 가짜 세상에 속지 마라. 그대를 둘러싼 안전한 알을 깨고 조금만 용기를 내면 또 다른 길이 보인다. K군은 이곳에서 다양한 인종의 학생들을 만나며 외국어도 배우고 국내 어디서도 할 수 없는 다양한 경험을 쌓았으며, 그동안 목표로 했던 대기업 입사가 아닌 특정한 분야의 전문가가 되는 것으로 목표를 수정했다. 이 말을 전하면서 그는 내게 상하이의 한국인 사업가를 만난 이야기를 해주었다. '입사하기 위해 가장 필요한 것이 무엇이냐'고 물으면서 K군은 당연히 높은 토익 점수, 봉사활동 실적, 높은 학점, 자격증 등등을 말하리라 예상했는데 전혀 다른 대답이 돌아왔다.

"누구보다 일찍 나와서 누구보다 늦게 가겠다는 편지 한 통이면 돼. 요즘 편지는 전혀 안 쓰잖나. 공채에 너무 집착하지 마, 나도 그렇게 입사했어."

인생에서 정답은 개개인마다 다른 법이다. 그런데 한국 사회는 지나치게 하나의 정답을 강요한다. 그 정답이 정답이라는 확신조차 없으면서 말이다. 자식이 남들이 걷는 길과 전혀 다른 길을 걸으려고 할 때 대부분의 부모들은 말리려고 한다. 자신이 살아보지 않은 삶은 불안하고 걱정스럽기 때문이다. 그러나 한 번뿐인 인생을 타인의 경험에만 기대어 꾸려갈 수는 없는 노릇 아닌가. 남들이 터놓은 길이 아닌 다른 길을 택하고 또 그렇게 새로운 길을 만들어나가는 것이 청춘의 특권이 아닐까. 용기를 내어 틀 밖으로 걸어나가라. 인생이라는 길고 긴 여정에서 청춘의 계절은 시작에 불과하다. 다른 사람보다 더 먼저 움직여 새로운 길을 개척하라.

# 문제의 씨앗을 뿌려라



일본 유학 초기, 내가 머물던 고마바 유학생 회관에는 80여 개국에서 온 4백여 명의 일본 정부 국비 유학생들이 거주하고 있었다. 고맙게도 나는 당시 유학생 대표로 선출되었다. 어느 날 고마바 유학생회에서 '환경의 날(environment day)'이라는 행사를 개최하게 되었다. 인간들의 무분별한 자연 남용 행태를 되돌아보고 환경의 소중함을 다져보자는 취지에서 만든 행사였다. 당시 내가 주축이 되어 임원진들과 회의를 했는데, 대부분의 반응이 이런 식이었다.

"기획 의도는 좋지만 막상 해보면 절대 쉽지 않을걸."

"경비 조달이 최대 관건인데 그걸 어떻게 해결해?"

"외부 단체들한테 협조도 받아야 하는데, 내 생각엔 좀 힘들 것 같아."

모두가 '환경의 날' 행사라는 '계획'에는 찬성했지만 구체적인 '실행'으로 들어가니 너도나도 꽁무니를 뺐다. 결론적으로 행사는 잘 마쳤지만 그 과정은 그다지 순탄치 않았다. 준비 회의 때마다 말만 번지르르하게 하고 정작 행동으로는 옮기지 않는 사람, 마치 행사를 취소하자는 듯 온통 부정적인 의견만 늘어놓는 사람은 일을 진전시키는 데 아무런 도움이 되지 않았다. 그에 반해 앞에 나서서 많은 의견을 내놓진 않아도 묵묵히 제 할 일을 다하는 친구, 동기가 힘들어할 때마다 '해낼 수 있다'며 격려해주는 친구도 있었다. 그 외에도 매년 크고 작은 유학생 주최의 이벤트가 있었는데, 늘 똑같은 상황이 반복되었다. 처음에는 재미있겠다며 찬성하고는 막상 시작하면 이런저런 문제를 제기하는 사람, 자신이 맡은 일이 어렵다며 도중에 내빼는 사람이 있는가 하면 묵묵히 자기 일뿐 아니라 남의 일까지도 도와주는 사람도 있었다. 행사 내용만 달랐지 구성원의 태도는 모두 동일했던 것이다.

이와 같은 과정을 겪으며 나는 '새로운 시작은 문제의 씨앗을 뿌리는 것'이라는 결론에 도달했다. 시작부터 다양한 문제의 씨앗을 뿌렸으니 일이 무조건 순조롭게 풀리는 것이 오히려 이상한 일이 아닌가. 무언가를 시작하면 고통과 고민이 따르는 것은 당연하고 자연스러운 현상이다. 그리고 또 하나는 '해낼 사람은 어떤 일도 해내고 못해낼 사람은 아무리 많은 시간을 줘도 못한다'는 것이다. 이것은 국적과 시간을 불문하고 어디에든 적용되는 진리가 아닌가 싶다.


소크라테스는 말했다.

"인생의 시초는 곤란이다. 그러나 성실한 마음으로 물리칠 수 없는 곤란은 거의 없다."

이 말처럼 대부분의 일을 시작할 때는 곤란이 따르게 마련이다. 그리고 그 곤란이 두렵다고 시도하기를 꺼리면 그 어떤 일도 시도할 수 없게 된다. 무언가를 시작하려 할 때 이리저리 계산하거나 무조건 잘될 것이라고 바라지 마라. 그 대신 '골치 아픈 문제의 씨앗을 뿌린다'고 생각하라. 처음부터 그렇게 생각하면 일을 진행할 때 발생하는 크고 작은 문제에 대해 좀 더 유연하고 여유롭게 응할 수 있을 것이다. 그리고 그 문제 하나하나를 해결해나가면서 그대는 많은 것을 배우게 될 것이다. 물론 이러한 결실은 '끝까지 해내는' 사람만이 취할 수 있다.

다시 한 번 강조하지만, 문제의 씨앗은 '고통'의 씨앗이 아니라 '성장'의 씨앗이다. 가능한 한 많은 씨앗을 뿌리고, 그 달콤한 열매를 맛보기 바란다.

# 그대만의 브랜드를 만들어라



흔히들 '브랜드를 창출하라'는 말을 많이 한다. 개인이나 기업이나 그들만의 이미지가 있어야 한다는 것이다. 개인의 브랜드라면 그 사람을 상징하는 것이 무엇인지, 또 어떤 사람이 되고 싶어 하는지에 따라 결정된다.

오늘날처럼 경쟁이 치열한 사회에서 자신만이 내세울 수 있는, 타인과 확연히 구별되는 무언가가 없다면 인생의 어떤 관문에서든 도태되기 쉬울 것이다. 그대도 그대 자신을 상징하는 무언가를 만들어낼 필요가 있다. 지금 당장 그것이 없다고 해서 실망할 필요는 없다. 아마 그대는 남들과 거의 동일한 고등교육을 받고 졸업한 뒤 사회에 막 진출했거나 대학에 다니느라 자신만의 독특한 브랜드를 가꿀 여유조차 가져보지 못했을 테니 말이다.


일본 오사카의 한곳에서 한국어 강사 아르바이트를 할 때의 일이다. 한 일본인 수강생이 강의 중에 나에게 물었다.

"선생님, 한국에는 '코리안 타임'이란 말이 있다면서요? 그게 무슨 뜻인가요?"

순간적으로 나는 얼굴이 홍당무처럼 달아올랐다. 그 학생은 그저 순수한 의도로 물어본 것이었는데 나는 괜스레 민망해져서 쥐구멍이라도 찾고 싶은 심정이었다. 그날 나는 열 명 내외의 수강생에게 '코리안 타임'의 뜻을 알려주고는 한 가지 약속을 했다.

"모든 한국인이 시간 약속에 허술한 것은 아닙니다. 제가 그걸 증명해드리죠."

이날의 약속은 후에 다른 사람에게 나의 이미지를 긍정적으로 각인시키는 계기가 되었다.


지인 중에 무역회사를 운영하는 재일교포가 있다. 60대의 신사인 그를 나는 일본어 번역 일로 처음 만났다. 한 일본 회사에서 개발한 신제품을 한국으로 수출하려는 과정에서 나를 소개받고 통역 및 번역을 의뢰해온 것이었다. 이후 한동안 그와 자주 연락을 주고받으며 일을 순조롭게 매듭지었다.

작업이 끝난 후에도 그와 가끔씩 연락을 했는데, 어느 날 그가 나에게 이런 이야기를 해주었다. 약속이 있을 때마다 늘 약속 시간 10분 전에 나오는 나를 보고 신뢰가 갔다는 것이었다. 나도 모르는 사이 나를 '약속을 철저히 지키는 사람'으로 머릿속에 입력해두었던 것이다. 그렇게 나를 한 번 믿기 시작한 이후로 그 사장은 내게 이런저런 기회를 많이 주었다. '약속 시간을 잘 지키는 사람'이라는 단 한 가지 이미지만으로 나는 많은 기회를 얻을 수 있었던 것이다.

이처럼 사람들은 아주 사소한 특징 하나로 개개인이나 단체 혹은 기업의 이미지를 결정하고 평가한다. 어쩌면 '사소한 것 하나만 봐도 그 사람의 더 큰 부분을 평가할 수 있다'는 믿음을 모두가 갖고 있기 때문인지도 모른다. 이렇듯 '철저한 시간관념' 하나로도 사회에서 자신의 이미지를 '정직하고 성실한 사람'으로 굳힐 수 있다. 시간을 엄수한다는 것은 곧 자기 관리가 철저하다는 것을 뜻하며, 이는 곧 책임감, 성실성과 결부되는 문제이기 때문이다.


그대에게는 어떤 브랜드가 있는가? 좋은 학벌, 모범생 이미지, 멋진 몸매나 얼굴은 브랜드가 아니다. 소소한 것일지라도 그대만이 가질 수 있는 장점과 특색이 있어야 한다. 어떤 사람이 되고 싶다는 모델이 있다면 그것을 그대의 브랜드로 삼고 거기에 맞는 행동을 하라. 어느새 그 모델과 같은 사람이 되어 있는 자신을 발견할 것이다.

# 어제의 불우는 오늘의 힘이 된다



사람들은 어떤 일을 시도하기에 앞서 '아직 준비가 안 된 것 같아', '주변 상황이 좀 더 나아지면 그때 생각해보는 게 좋겠어'라고 생각한다. 또 과거에 실패했던 경험을 이야기하며 불운했던 환경을 탓하기도 한다. 그런데 모두가 원하고 미련을 갖는 '좋은 상황'이 우리에게 과연 좋은 영향만 끼칠까?

일본은 누구나 인정하는 선진국이다. 하지만 과유불급이라고 했던가. 모든 방면으로 수준이 높아지다 보니 상대적으로 낙후된 아시아에서 버티지 못하는 일본인이 많은 것 같다. 간혹 일본 청년들과 함께 NGO 활동차 아시아 지역을 가곤 하는데, 그들은 하나같이 그곳의 낙후된 시설에 적응하지 못하고 힘들어했다.

일본의 학습 환경은 가히 세계 최고라 할 만하다. 일례로 학교 기숙사만 보아도 대부분 1인 혹은 2인 1실이고 난방 시설이 매우 훌륭해 편안하고 아늑한 생활이 보장된다. 그래서인지 일본 학생들은 다른 나라 학생들에 비해 타지에서의 유학 생활을 못 견디는 경향이 있다. 특히 서구 유럽과 같은 선진국이 아닌 개발도상국이나 저개발국으로 떠난 경우 일본 청년들이 느끼는 고통은 유독 큰 편이다. 자국의 학습 환경과 현격히 차이 나는 환경 때문이다.

상하이의 여름 날씨는 '애인 없이는 살아도 에어컨 없이는 살 수 없다'는 말이 나올 정도로 악명이 높다. 한여름에는 섭씨 38도를 오르내리는 찜통더위가 기승을 부린다. 이 같은 맹염 속에서 일본에 비해 열악한 시설을 버텨야 하니 얼마나 힘들겠는가. 더구나 사용하는 물품이나 음식, 물 등 모든 것이 일본에 비해 뒤떨어지니, 어쩌면 그들은 '너무 좋은 환경'의 희생양일지도 모른다.

물이나 음식 때문에 학기 초부터 몸에 탈에 나는 일본인도 적지 않다. 모두 똑같은 음식을 먹고도 일본 학생들만 배탈이 나는 것이다. 그 때문에 먹을거리를 기피하고 일식만 챙겨 먹거나 아예 굶는 학생들도 있다. 이런 식으로는 현지 문화에 동화되는 것 자체가 불가능하니 참으로 안타까운 일이다.

실제로 중국 대학생들의 생활상은 매우 열악한 편이다. 상하이 지역의 그 가혹한 폭염 속에서 외국인 유학생들은 학교가 특별히 마련

해준(물론 그 대신 가격은 비싸다) 에어컨과 샤워실 등이 구비된 1, 2인실에서 생활하지만 현지 학생들은 비좁은 기숙사 공간에서 네 명부터 여덟 명가량의 인원이 함께 생활한다. 그들은 2층짜리 간이침대가 서너 개쯤 놓인 좁은 공간에서 웃통을 벗고 한여름을 보낸다. '잠은 일찍 그리고 충분히 취하라'는 중국 교육당국의 지침에 따라 오후 11시 정도면 어김없이 단전하는 곳에서 말이다. 그나마 구비된 공용 선풍기도 밤에는 소용이 없는 것이다. 화장실이나 샤워실 역시 대부분 공용이기 때문에 볼일을 보기 위해 기다릴 때도 많이 있다.

중국 청년들은 이런 열악한 환경과 더불어 청년기를 보냈기에 상대적으로 적응력이 강해서 웬만한 고생에는 눈 하나 깜빡 않는다. '젊어 고생은 사서도 한다'는 옛 어른의 말씀이 새삼 상기되는 대목이다.


고대 로마 시인 시루스는 말했다.
"최고에 도달하려면 바닥부터 시작하라."
예비 직장인 혹은 사회 초년생이라면 밑바닥부터 시작하는 것도 나쁘지 않다. 아니, 오히려 더 희망적인 일이다. 열악한 밑바닥 생활을 극복해가는 과정에서 몸과 마음은 한층 더 단단하게 성장할 테니 말이다.

# 너 자신을 '제대로' 알라

만약 성공의 비결이란 것이 있다면,
그것은 타인의 관점을 잘 포착하여
자기 자신의 입장과 동시에 타인의 입장에서
사물을 볼 줄 아는 능력이다.

_헨리 포드Henry Ford, 미국 공학 기술자

소크라테스가 남긴 가장 유명한 명언 '너 자신을 알라'는 말은 '타인의 눈으로 자신을 바라볼 수 있어야 한다'는 의미를 담고 있다. 사실 사람들은 자기 자신을 바라보는 시선의 균형점을 잘 찾지 못한다. 지나친 과대평가를 하며 자만에 빠져 있는 사람이 있는가 하면, 지나친 과소평가로 스스로를 괴롭히는 사람도 있다. 남부럽지 않은 탄탄한 실력을 갖고도 좁은 우물에 갇혀 살기도 하고, 능력은 없으면서 환경 탓만 하며 살기도 한다. 특히 다른 사람을 평가할 땐 인색한 사람이 대개 자기 자신에 대해서는 아주 후한 점수를 준다. 그들은 타인의 사소한 단점도 그냥 넘어가지 못하고 이것저것 지적해서 주변 사람들을 힘들게 한다. 취업을 앞둔 학생일 경우 이런 성향이 그대로 부각된다. '떡 줄 사람'은 생각도 않는데 이것저것 재고 따지며 '월급이 적다'는 둥, '근무 조건이 너무 안 좋다'는 둥 불평하는 졸업생이 부지기수다.

우리가 정작 냉정하게 평가해야 할 상대는 그 누구도 아닌 자기 자신이다. 스스로에게 부족한 점을 솔직하게 인정하고 발전시키는 것이 더 나은 미래로 나아가는 현명한 태도일 것이다.


내가 알던 중국 유학생 L군은 '국제사회의 주목을 받으며 화려하게 부상하고 있는 중국에서 원대한 이상을 실현하고 싶어 왔다'고 말했다. 하지만 현실은 자신이 생각했던 바와 너무나 달랐다. 그토록 원해서 찾아온 중국이었건만, 현실이 예상에서 빗나가자 그의 불평은 점점 더 늘어갔다. '중국인들이 받는 월급이 내 차 한 달 기름값에 불과하다'며 그는 '낙후되고 후진적인 중국'에 대한 불평을 끊임없이 쏟아냈다.

하지만 앞서도 말했듯이 중국은 19세기와 21세기가 공존하는 나라다. 낙후되고 후진적인 과거의 모습이 있는가 하면, 시대를 리드하는 미래의 모습도 병존하고 있는 것이다. 그럼에도 불구하고 그는 한결같이 한쪽으로 치우친 시각으로만 중국을 판단하고, 편견과 고정관념 속에서 도무지 빠져나오질 못하고 있었다. 내가 소개해준 회사에서 2개월도 채우지 못하고 그만둔 그는 그렇게 주변의 모든 환경을 부정적으로 바라보고 허물만 들춰내려다 결국 아무런 성과도

내지 못한 채 귀국해버렸다.

또 다른 제자가 생각난다. 그는 훤칠한 키에 눈에 띄게 잘생긴 외모를 가졌음에도 매사에 자신감이 없고 회의적이었다. 영어와 중국어 실력도 제법 뛰어났는데 거기에 대한 자부심도 없는 듯 늘 주눅이 들어 있었다. 그는 성공한 사람을 보면 '난 저렇게 못 될 거야'라고 생각하고, 반대로 실패한 사람을 보면 '나도 저렇게 될지도 몰라'라고 생각했다. 그렇게 늘 고민에 고민을 거듭하며 불안감을 안고 생활했다. 이처럼 행동은 하지 않고 고민만 하는 사람에게 어떤 성장이 있을 수 있을까? 나는 그의 끝없는 방황이 너무나도 안타까웠다.

어떤 면에서 취업은 연애와도 비슷하다. 사람들은 은연중에 자신과 비슷한 처지에 놓인 사람을 연애 상대로 선택하는 경향이 있다. 그리고 대체로 그런 연애가 순조롭게 진행되는 법이다. 취업도 마찬가지다. 구직자가 기업의 비전은 안중에도 없이 자신의 입장이나 자신이 누릴 조건만 내세운다면 취업은 당연히 물 건너간다. 연애하고 싶은 이성 혹은 신입 사원을 모집하는 구인자의 입장에서 그대 자신을 한번 바라보라. 어떤 단점이 보이는가?
스스로에 대한 비현실적인 과대평가나 자기 망상은 진로를 선택할 때나 구직을 할 때 가장 큰 장애가 된다. 베풀 것도 없으면서 상대방에게 바라는 것만 많은 애인을 누가 계속 만나겠는가. 기업 역시 마찬가지다.

부디 어떤 일을 하고 어떤 회사에 입사하든 '어떤 대우를 받을지' 보다 '어떤 매력을 어필할 수 있을지'를 우선적으로 생각하라. 그것은 보다 냉정하고 객관적인 눈으로 자기 자신을 바라보는 연습에서 시작된다. 진정한 성장은 제삼자의 입장에서 자신을 바라보는 것이 가능한 순간부터 이루어진다.

# '나답게' 산다는 것

네가 누구인지 아니? 넌 하나의 경이로움이야.
넌 독특한 사람이야. 세상 어디에도 너랑 똑같이 생긴 사람은 없어.
넌 그 어떤 것도 해낼 능력이 있어.
너는 정말로 하나의 경이로움이야.

_파블로 피카소[Pablo Picasso], 스페인 출신 화가


나에게는 좋은 친구들이 많이 있지만 그중 라오스 출신인 까몬은 내가 특별히 아끼는 친구다. 나이는 어려도 그에게는 배우고 싶은 점이 많이 있다. 어느 날 그가 고개를 갸우뚱거리며 말했다.

"한국 사람은 왜 그렇게 남의 시선을 신경 쓰는지 모르겠어요. 그냥 하고 싶은 것을 당당히 하면 될 텐데, 항상 주위를 둘러보고 남들을 의식하는 것 같으니 말이에요……."

그는 사회주의 국가에서 자랐음에도 한국의 천편일률적인 문화가 쉽사리 이해되지 않는다고 말했다.

"모두가 비슷비슷하면 무슨 재미가 있나요. 게다가 자신과 남을

비교한다는 건 정말 피곤한 일이고요.”

잘났건 못났건, 남들이 좋아하건 싫어하건 모든 사람은 각자의 색깔을 지닌 고유한 인격체다. 그런 자신의 고유한 색깔을 버리고 타인의 시선 때문에 자기다운 삶을 살지 못한다는 것은 정말 큰 불행이 아닐까? 이와 비슷한 말을 하며 까몬은 집 앞 웅덩이에서 놀고 있는 오리를 가리켰다.

“저 오리들을 봐요. 오리라고 다 똑같은 오리가 아니에요. 쟤들도 다 저마다의 개성대로 살아간다고요.”

사실 외국인들이 한국을 바라보며 이런 반응을 보이는 건 매우 흔한 일이다. 중국인 친구 추이쩡이의 반응 또한 다르지 않았다.

“한국인은 너무 남을 의식하는 것 같아요. 무슨 행동을 할 때마다 항상 주위에서 어떻게 생각할까 고민하죠. 예전엔 일본인을 볼 때 그런 느낌을 많이 받았는데, 지금은 한국이 더 심한 것 같아요.”

일본에서도 유학을 했었던 그는 자기 나름의 논리를 펼쳐가며 일본과 한국을 비교했다.

전통적으로 집단주의 성향이 짙었던 일본도 90년대에 들어서면서는 정책 방향이 많이 바뀌었다. 여유롭고 개개인의 개성을 존중하는 모습으로 변모해온 것이다. 과거의 일본 국민들은 ‘세계 제2의 경제 대국’이라는 이름도 무색할 만큼 사회적인 틀 속에서 각박하게 생활했다. 때문에 ‘세계 최고의 자살률을 기록한 국가’라는 오명을 뒤집어쓰기도 했다. 하지만 지금의 일본은 국민 개개인의 개성이 여느 나라 못지않게 강하다. 집단주의가 강했던 일본 사회에 개인주의가 팽배하게 된 것도 다 이 같은 과정을 겪었기 때문이다. 나는 지금의 한국이 일본의 이 같은 행보를 뒤따르고 있다는 느낌을 지울 수 없다.

추이쩡이는 또 이렇게 말했다.

"중국이 사회주의를 지향한다지만, 사실 사회주의라는 옷은 한국에 더 잘 맞는 것 같아요. 사람들이 살아가는 모습을 한번 봐요. 중국인들은 남들이 심하다고 할 정도로 남을 의식하지 않고 자기 멋대로의 삶을 살아가잖아요. 좋게 말하면 다양하고 다채롭게 살아가는 거고요. 이런 말을 하는 중국인한테 한국적 삶을 보여주고 '바로 이것이 선진국의 모습'이라고 한다면 아마 대부분은 '그럼 난 선진국에 안 살아도 좋아'라고 말할걸요."


한국보건사회연구원은 2010년 경제협력개발기구 유럽연합의 '국가행복지수(NIW)'를 바탕으로 각국의 행복 수준을 측정했는데, 결과는 가히 충격적이었다. 경제협력개발기구 회원국 30개국 가운데 한국이 25위에 머물렀던 것이다.

경제적 자원, 자립, 형평성, 건강, 사회적 연대, 환경, 생활 만족도 등 일곱 개 범주를 종합한 한국의 점수는 0.475점으로, 1위를 차지한 스위스(0.747점), 룩셈부르크(0.745점), 노르웨이(0.736점) 등과 커다란 격차를 보였다. 특히 아동 빈곤율, 지니계수(Gini係數, 소득 분포의 불평등 정도를 측정하기 위한 계수), 성별에 따른 임금 격차 등의 지표를 보는 형평성 부문에서 점수가 현저히 낮았고 생활 만족도와 사회적 연대와 같은 항목의 점수도 매우 저조했다.

나는 우리네 삶이 이토록 팍팍해진 이유 중 하나로 한국인의 천편일률적인 가치관과 생활 패턴을 꼽고 싶다. 대부분의 국민들이 남보다 뒤처질까 봐 전전긍긍하며 한 방향을 향해 달리고 있지 않은가. 아무리 좋은 법칙이라도 그것이 모든 사람에게 긍정적으로 작용한다는 보장은 없다. 가령 '아침밥을 챙겨 먹는 것이 몸에 좋다'고들 말하지만 이것이 모든 사람에게 통용되는 것은 아니다. 백 명 가운데 80%는 아침 식사로 든든해지는 반면, 나머지 20%는 소화불량과 같은 부작용에 시달린다고 한다. 그럼에도 불구하고 매스컴은 너도나도 의학 논문이나 전문가의 말을 인용하며 천편일률적인 정보를 보도하고, 이로써 아침 식사는 '반드시 해야 하는 것'으로 굳혀졌다. 그렇다면 아침 식사가 맞지 않는 나머지 20%는 어떻게 해야 할까? 다수의 범주에 안전하게 속하기 위해 억지로 아침을 먹으며 위장을 혹사시켜야 할까?

자기 자신을 더 사랑하려면 '평균'이라는 사회의 잣대에서 좀 더 자유로울 필요가 있다. 출생 환경부터 성장 배경, 성격과 취향 등 모든 것들이 제각각 다른 우리 모두에게 딱 들어맞는 '정답 인생'은 존재하지 않기 때문이다. 맞지 않는 옷, 마음에 들지 않는 옷에 제 몸을 구겨 넣어본들 그게 무슨 의미가 있으며 또 그런 삶에 무슨 행복이 찾아오겠는가. 차라리 자기 자신에게 가장 잘 맞는 옷을 찾아 자기만의 스타일을 즐기는 것이 사람답게 사는 진정한 삶이 아닐까? 단 한 번뿐인 인생을 낡은 틀 속에 억지로 끼워 맞추지 말고 그대 자신만의 색깔을 마음껏 발산하라. 획일적인 길에서 벗어나 '나답게' 사는 것이야말로 행복으로 가는 지름길이다.

# 미래를 위해 현재의 행복을 담보로 삼지 마라



최근 국내의 한 신문에서 '한·중·일 국민을 대상으로 실시한 설문 조사 결과를 보면 참 쓸쓸한 기분이 든다. 3개국 가운데 한국이 '고독한 사람이 가장 많은 나라'라는 결과가 나왔기 때문이다.

이 조사에 따르면 '나는 외로움을 자주 느낀다'는 항목에 대한 한국인의 답변 지수는 5점 만점에 3.12점이었다. 중국인(2.72점), 일본인(2.86점)에 비해 매우 높은 편이다.

연령별로는 20대에서 '외로움' 지수가 가장 높게 나타났다. 아마도 경제적으로 가장 불안정한 시기인 데다 진로가 불확실하기 때문일 것이다.

이 통계를 주관한 기관의 분석에 따르면 한국인들은 일찍부터 사교육과 입시 경쟁에 내몰리면서 경쟁을 먼저 배우고, 이런 분위기에 익숙해지면서 늘 자신과 남을 비교하게 된다고 한다. 그렇다 보니 일생을 극심한 스트레스에 노출되어 살아가는 것이 당연한 결과인지도 모른다. 또 항상 자신과 타인을 비교하며 살다 보니 시기심에도 쉽게 사로잡힌다. '경쟁에서 누군가가 나보다 잘할 때 질투가 난다'라는 질문에서 한국인은 5점 만점에 3.7점으로 중국인(3.49점)이나 일본인(3.09점)보다 훨씬 높았다.

타인의 시선에 가장 민감한 사람 역시 한국인이었다. 역시 같은 조사에서 '나는 다른 사람에게 바보처럼 보이지 않을까 걱정된다'는 문항에 동의한 한국인의 비율은 34.1%였다. 중국인은 22.8%, 일본인은 22%만이 그렇다고 답한 항목이었다.


한국에서는 고가의 상품일수록 더 잘 팔린다는 말이 있다. 경쟁적으로 1등만 원하는 심리가 쇼핑에도 반영된다는 것이다. 그래서 업체에서도 무조건 가격을 최고가로 책정해놓고 '1등 상품'이란 거품을 씌우면 너도나도 관심을 갖고 사려고 한다고 말한다. '남들에게 뒤져서는 안 된다'는 강박관념이 낳은 결과다.

그렇다면 우리는 왜 이렇게 남의 시선을 많이 의식하는 걸까? 아무래도 경쟁 사회, 비교하는 사회가 되어가기 때문일 것이다. 서로에 대한 비교 심리와 질투심이 타인의 시선을 걱정하는 성향으로 번지는 것이다. 그렇다 보니 불필요한 시기심, 스트레스, 불평에서 벗어날 수가 없는 건 당연하다. 특히 20대는 감수성이 유독 예민한 나이인 만큼 이런 문제에 더욱 노출될 수밖에 없다.

한국인의 심리 상태를 분석한 앞의 조사에서 중국인 및 일본인과의 공통점과 차이점을 비교 분석한 결과에 따르면 한국인들은 '미래의 나'와 '지금의 나'를 구분하지 못하고 있다고 한다. 즉 지금의 자신이 미래의 자신에게 짓눌려 있는 것이다.

이미 알려진 과거와 수수께끼 같은 미래 사이에 놓인 현재(present)는 곧 선물(present)과도 같다는 말이 있다. 어떤 일이 어떻게 전개될지 모르는 미래를 위해 준비하고 대비하는 것도 좋지만, 동시에 '지금의 나'를 위해 현재를 향유하라는 가르침이다.

그대가 무엇을 하고 어떤 시간을 보내든, 지금의 소중한 시간은 순식간에 과거가 된다. 한 번 가면 다신 오지 않을 인생의 황금기에 놓인 그대가 지금의 시간을 선물처럼 소중히 여기건, 혹은 속절없이 흘려보내기만 하건 '모든 현재는 과거가 된다'는 진리는 변치 않는다.

K군은 한마디로 '신명 나는 청춘'을 보내는 청년이다. 중국에서 만난 그는 초보 수준에 머무르는 중국어를 비롯해 자신의 미래를 생각하면 도무지 불안해서 밤잠을 설치기 일쑤라고 한다. 나는 그와 함께 몇 번인가 진지하게 대화도 나누고, 또 그의 미래에 대한 내 나

름의 의견을 주고는 했다. 그런데 신기한 것은 그 와중에도 K군은 휴일이면 외국인 친구들과 여기저기 놀러 다니거나 현지에서만 경험할 수 있는 다양한 문화를 즐기기에 여념이 없다는 것이다. 이런 그의 모습을 보고 있자면 현재를 '미래의 나를 위한 시기'와 '지금의 나를 위한 시기'라는 두 개의 측면에서 배분하여 지혜롭게 잘 활용하고 있다는 생각이 든다. 더 나은 미래를 위해 고민하고 준비하는 가운데 지금의 자신을 위해서 다양한 즐길 거리를 만끽하고 있으니 말이다. 즉 그는 미래를 위해 지금의 자신을 희생시키지 않는다.

그에 반면 항상 고민과 한숨으로 하루하루를 보내는 P군을 보면 안타깝기 그지없다. 미래를 위한 준비도 좋지만 가끔은 현재의 행복을 지키라고 조언도 해보지만 '아직 그럴 마음의 여유가 없다'는 한숨 섞인 대답만 돌아올 뿐이다.


그대는 어느 쪽에 속하는가? P군처럼 미래의 안위를 위해 억눌린 생활만을 영위하고 있는가, 아니면 K군처럼 미래에 대해 고민하되 지금의 자신을 위한 여유를 허용하는가?

오늘부터라도 현재의 그대를 더 많이 사랑하고 더 많이 배려하는 습관을 들이길 바란다. 미래를 위해 현재의 행복을 담보로 삼지 마라. 담보로 잡힌 행복이 그대를 영영 떠나버릴지도 모른다.

# 지금 이 순간을 살아라



'지금 이 순간을 살라'고 많이들 이야기한다. 그러나 '쉰다'는 것과 '논다'는 것에 대한 한국인의 부정적인 인식은 여전히 잔존해 있는 듯하다. 몸과 마음에 에너지를 보충하는 휴식은 그 자체만으로 충분히 가치 있는 일일진대, 쉬고 노는 것을 곧 '게으름'과 연결지어 생각하는 것이다.

자기 자신을 아끼고 사랑할 줄 아는 사람이 자신에게 주어진 시간도 잘 아낄 줄 아는 법이다. 자기 자신의 행복감을 좀 더 가치 있게 여긴다면 현재의 시간을 보다 풍요롭게 즐기고 가꿀 수 있지 않을까? 그러기 위해 책상 앞에 앉아 수험 서적만 뒤질 것이 아니라 다양한 체험을 통해 인문적·문화적 소양을 쌓기를 권한다.

일본 유학 중에 우연히 본 영화 한 편이 생각난다.

영화 속 60대 주인공이 지인과 함께 바다낚시를 떠나는데, 하필 지인이 잠시 무언가를 사러 갔을 때 지병인 협심증 증세가 찾아온다. 가슴이 쥐여 짜이는 듯한 고통을 참아가며 서둘러 가방 속에서 약을 찾는데, 설상가상으로 약을 깜빡하고 안 가져왔다는 사실을 알아챈다.

주인공은 결국 고통을 참지 못하고 해변가에 쓰러지고 만다. 이때 갑자기 장면이 바뀌며, 맑고 눈부시게 청량한 하늘과 그 위를 끼룩끼룩 날아가는 갈매기 떼 그리고 몽실몽실한 뭉게구름이 평화스럽게 떠다니는 광경이 비친다.

말 못할 고통 속에 가슴을 쥐어 잡고 힘들어하던 주인공은 쓰러진 채로 눈앞에 펼쳐진 이 광경을 바라보며 '이대로 생을 마감해도 괜찮지 않을까' 하고 되뇐다. 지금껏 최선을 다해 살아왔고, 순간순간을 나름 재미있고 보람되게 보내왔으니 여한이 없지 않느냐고 주인공은 스스로에게 되묻는다. 그리고 '지금 이 마지막 순간도 즐기며 마감하자'고 다짐한다.

해변가의 평화로운 풍경을 바라보며 지나온 삶을 떠올리는 그의 얼굴에는 어느새 미소가 피어오르기 시작한다. 여유 가득한 미소와 평온한 마음이 그가 마지막을 맞이하는 방식인 것이다.

영화를 본 뒤 나는 한동안 이 장면이 너무 생생하게 박힌 나머지 뇌리에서 떠나질 않았다. 그리고 나도 앞으로 그와 같은 삶, 마지막 순간을 아무런 후회 없이 여유로운 미소로 맞이할 수 있는 삶을 살기로 다짐했다.

지금 이 순간 그대는 스스로에게 얼마나 충실한가? 먼 훗날을 위해 현재의 자신을 지나치게 희생시키고 있지는 않은가? 그렇게 성공을 얻었다 한들, 돌이켜보며 추억할 만한 청춘의 아름다운 기억이 없다면 얼마나 억울하겠는가. 청춘의 시기를 돌아보았을 때 온갖 고민과 스트레스에 찌든 자신의 모습만 보일 때 남는 후회는 그 어떤 성공도 상쇄해주지 못할 것이다.

훗날 덜 후회하고 싶다면 지금 그대의 젊음을 더 소중히 여겨라. 더 많은 휴식과 즐길 거리를 주어라. 인생에 한 번밖에 피지 않는 청춘의 꽃을 최대한 돌보고 가꿔나가는 것이다. 메마른 토양 속에서 뿌리째 썩도록 내버려두지 말고 말이다. 현재를 진정으로 즐길 수 있는 사람만이 성공의 기쁨 또한 제대로 즐길 수 있다.

현재의 그대를 더 많이 사랑하고,
더 많이 아끼고, 더 많이 배려하라.
미래를 위해 현재의 행복을
담보로 삼지 마라.
담보로 잡힌 행복이 그대를
영영 떠나버릴지도 모른다.

# 세상을 위한 스펙을 쌓다

○○ 대학교 재학생

2010년 초, 학교에서 지원받아 교환학생 자격으로 뉴질랜드에 갈 기회가 있었다. 영화나 드라마를 통해 꿈꾼 서양에서의 낭만적인 일상을 상상한 나는 꿈에 부풀어 1년간의 교환학생 생활을 시작했다. 물론 내 눈으로 직접 본 서양의 모습은 그동안 상상 속에서 그려왔던 것과 너무나 달랐지만, 해외에서의 생활은 정말이지 색다른 경험이었다. 특히 언어나 생김새가 전혀 다른 서양인이 동양에 대한 관심을 보이고 이것저것 묻는 것을 보며 신선한 충격을 받기도 했다. 해외에서의 경험을 통해 나는 세상이 참 넓다는 것을 몸소 깨달았다.

교환학생 생활이 끝나고 한국에 돌아온 나는 또다시 학점 걱정만 하며 살 생각에 한숨만 나왔다. A학점이니 B학점이니 하는 것들로 내 인생이 좌지우지되는 것이 싫었고, 또 그렇게 살고 싶지도 않았다. 그즈음 마침 교내 지원 프로그램 중 중국 상하이 동화대학교 '방학 단기 특화 과정' 프로그램이 있다는 것을 알게 되었다. 나는 이 기회를 놓치지 않고 중국으로 떠났다.

광활한 영토, 넘치는 인구, 무질서한 나라……. 중국에 대한 이 같은 막연한 이미지만 갖고 있었던 나는 중국에 도착한 지 일주일이 지나고 2주가 흐르면서 인식이 전혀 달라져감을 느꼈다. 상하이에서의 짧은 생활은 중국에 대한 그동안의 생각은 물론이고 미래에 대한 그림까지 바꿔버리고 말았다. 그저 광활한 대륙의 나라라고만 여겼던 중국이 이제는 내 삶의 가치를 찾을 만한 꿈의 무대로 바싹 다가온 것이다.

한 달간의 연수를 마치고 나는 한국산업인력공단이 지원하는 '국비 지원 취업 연수 과정'을 준비하고자 학교를 다시 휴학했다. 그리고 현재 이곳 상하이에서 다양한 인생 선배들과 교류를 맺고, 전 세계에서 온 수많은 외국인 친구들과 중국어나 영어로 대화하며 즐겁게 지내고 있다.

만약 이런 시도 없이 4년 내내 학교라는 작은 새장 안에 갇혀 있다가 취업했다면 결코 지금의 즐거움과 깨달음을 얻지 못했을 것이다. 무엇보다 나는 이곳에서 많은 것을 보고 느끼고 경험하며 처음으로 '나를 위한 삶'을 찾아야겠다고 생각했다.

지금도 한국의 학생들은 좋은 회사에 취직하기 위해 매일매일 스펙 쌓는 일에 골몰하고 있을 것이다. 자격증 취득, 공모전 입상, 토익 공부 등등……. 그들에 비하면 나는 이력서 한 줄, 한 줄에 채워 넣을 스펙이 몇 가지 없다. 하지만 학창 시절 내내 나를 일깨운 누군가의 가르침을 항상 상기하고 믿으며 살고 있다. 몸소 부딪혀서 얻은 느낌과 경험 그리고 그로 인해 배운 지혜는 누군가가 알려준다고 해서 결코 취할 수 없는 재산이라는 것을 말이다. 앞으로도 나는 계속해서 '국내용 스펙'이 아니라 '세상이 필요로 하는 스펙'을 쌓을 것이다.

# 해외에서 건 한판 승부

상하이 동화대학교 취업 연수 출신

중국으로 온 지 어느덧 4년이 흘렀다. 타지 생활 기간이 길어지면 외롭고 지루할 만도 한데, 아직까지 중국은 나에게 즐거움과 열정만을 안겨준다. 아마도 빠른 속도로 변화하는 중국이 계속해서 신선한 충격을 주고, 그 속에서 엿보이는 이런저런 기회들이 꾸준히 내 열정에 불을 지피기 때문일 것이다.

대학 졸업 후 나는 대학 시절 배운 중국어 지식 80%를 군에 반납하고 나왔다. 군 전역 후 곧바로 중국행을 결심한 이유는 크게 두 가지였다. 첫 번째는 퇴보한 중국어 실력을 다시 향상시키기 위해서였고, 두 번째는 현지에서의 취업 경력을 쌓아 대기업에 입사하는 목표를 이루기 위해서였다.

한국을 떠나기까지 나는 여러 지인에게 중국 유학에 관한 조언을 구했는데, 상당수는 중국에 대해 부정적인 인식을 가지고 있었다. 나 역시도 별반 다르지 않았다. '중국' 하면 환상이나 동경보다는 부정적인 선입견을 먼저 떠올렸으니 말이다. 그랬기에 상하이로 오기

까지 온갖 걱정에 휘말려 있었다. 하지만 이런 걱정이 깨지는 데에
는 그리 오랜 시간이 걸리지 않았다.

2008년 여름 중국에 온 나는 한국에서 생각했던 것과는 다르게 놀
라운 속도로 발전 중인 중국의 모습에 충격을 느낀 한편, 그 거대함
에 두려움마저 느꼈다. 그리고 또 한편으로는 늦게나마 이곳을 찾았
다는 사실에 대한 안도감도 느꼈다.

상하이에서의 생활은 신선한 충격의 연속이었다. 수많은 국가의
외국인들과의 교류를 통해 한국 교육 제도로 인해 길든 틀에 박힌
관념들이 조금씩 바뀌었다. 가령 공무원이나 교사와 같은 안정적인
직장에 대한 환상, 대기업에 대한 동경 같은 것들이 말이다. 또 특강
을 통해 CEO를 비롯한 각 분야 전문가들의 경험담, 노하우를 전해
들으며 나도 모르게 해외에서의 '한판 승부'를 위한 준비를 해나가
기 시작했던 것 같다. 인맥을 늘리기 위해 대학 동문 모임에 참석하
는 것도 게을리하지 않으며 선배들을 만나 이런저런 조언을 구하기
도 했다. 이런 과정을 통해 나에 대한 다른 사람들의 평가와 스스로
의 평가 그리고 중국 내에서의 발전 가능성 등을 고려해 진로를 고
민했다.

그 결과 서비스 직종으로 진로를 정했고, 6개월간의 교육 과정을
마치자마자 교육 분야로 취업 후 3년째 회사의 중책을 맡고 있다. 한
국에서였다면 말도 안 되는 초고속 승진이지만 중국에서는 가능한

일이다. 모두 자기 하기 나름에 따라 성과가 돌아오고 직책이 부여
되기 때문이다. 물론 때때로 회사가 어려워진 시기도 있었고, 그로
인해 발생한 물질적 피해나 손실된 이미지 등을 회복하기 위해 피나
는 노력을 해야 했다. 하지만 이런 힘든 과정 속에서도 소신을 갖고
능동적이고 열정적으로 달려나간다면 그러한 역경이 오히려 성장의
발판이 될 수 있다고 본다.

　중국에서 살면서 나는 '노력한 만큼 대가는 따라온다'는 말이 진
리임을 깨달았다. 이 글을 본 한국의 많은 청년들이 시야를 넓혀 더
많은 선택의 기회를 찾을 수 있길 바란다.

Part 2.
# 실패하라,
# 단
# 멈추지 마라

# 연애하듯 할 수 있는 일을 찾아라

가슴이 뛸 때 그것이 말해주는 것은
첫째, 그 일이 그대를 위한 길이라는 것이고
둘째, 그대가 그 일을 쉽게 할 수 있다는 것이며
셋째, 그 일을 하면 그대의 삶이 풍요로워진다는 것이다.

_다릴 앙카Darryl Anka, 미국 명상가

상하이에서 활발히 활동 중인, 내가 존경해 마지않는 한 사업가의 이야기를 들려주고 싶다. 기업체를 운영하며 상하이 한국상회(한인회) 회장도 맡고 있는 그는 어린 시절 공부에 취미가 없었다고 한다. 우여곡절 끝에 고등학교를 졸업하고 2년제 대학에 들어갔는데 대학생이 되어서도 공부는 뒷전이었다. 그룹사운드 리더가 되어 대학가요제에 참가하는 등, 그는 그저 캠퍼스 속에서 청춘을 즐기기에 여념 없었다. 그리고 군대를 제대한 후 한 가지 결심을 하게 됐다. '지금까지는 1등이란 걸 못해봤지만 사회에서는 꼭 한 번 1등을 하고 말겠다'는 다짐이었다.

　1980년대에는 너나없이 전자 혹은 무역 등의 유망 분야로 진로를 결정했다. 그런 시기에 그는 아주 엉뚱한 것에 청춘을 바치기로 결심한다. 그게 바로 '화장실'이다. 아파트 문화가 아직 정착되지 않았던 그 시절 화장실은 그저 용변을 해결하는 '지저분한' 장소로 인식되었다. 서울의 압구정 아파트 단지가 생기기 시작할 즈음 그는 '화장실의 변화'에 주목했다. '아파트가 늘어가면서 화장실은 집 안으로 들어갈 것이고, 그에 따라 화장실의 이미지나 용도도 크게 바뀌게 될 것'이라고 생각했던 것이다. 당시는 '욕실'이라는 단어조차 존재하지 않던 시기였기에 그의 아이디어는 당연히 비웃음을 샀다.

　이후 그는 무역회사에서 몇 년간 직장 생활을 하며 사회생활의 기본 시스템을 익힌 뒤 스물여섯 살이라는 젊은 나이에 과감하게 창업을 시도했다.

　"어렵사리 비행기 표 살 돈을 마련하면 곧바로 해외로 나갔습니다. 당시만 해도 동양과는 비교도 안 될 만큼 앞서 있었던 서구의 욕실 문화를 살피고 그에 관한 견문을 넓히기 위해서였죠."

　이렇게 많은 국가를 돌아다니다 보니 출입국 관리소로부터 '대체 젊은 사람이 무슨 일을 하기에 이렇게 외국을 많이 다니냐'며 따로 조사까지 받은 적도 있었다고 한다. 그렇게 숱한 해외여행을 하면서 그는 그 흔한 대영박물관이나 바티칸 성당에는 발도 들이지 않고 오로지 욕실 하나에만 집중했다. 욕실에 관한 박람회라면 모조리 참석하고, 밤이 되면 야간열차를 타고 돌아다니며 조사를 멈추지 않았다. 한마디로 그는 '욕실에 미친 사내'였다.

사업을 하다 보면 위기는 언제고 찾아오게 마련이다. 그에게도 많은 위기의 순간이 있었다. 하지만 그는 위기로 인한 고통을 기꺼이 감내할 만큼 자신의 일을 사랑한다.

"이 일은 나를 행복하게 해줍니다. 아주 즐거워요. 내가 지금까지 '화장실에 빠져' 살아오고 지금도 여전히 그렇게 살고 있는 것은 이 일이 단순한 일이 아니라 나의 취미이며 특기인 동시에 활력을 주는 비타민이기 때문입니다. 남들이 갈망하는 것을 한다고 해서 내가 행복해지는 것은 아니죠. 난 오직 나만의 행복을 발견하고 또 그것을 지키기 위해 전력 질주 해왔기 때문에 매일매일 즐거울 수 있는 겁니다. 쉽고 재미있게 돈 버는 방법은 아주 간단해요. 자신이 가장 재미있고 푹 빠져 할 수 있는 일을 하면 돈과 행복은 한꺼번에, 저절로 찾아오죠."

진정으로 사랑하는 사람과 하는 연애는 그 과정에서 닥치는 위기조차도 달콤한 법이다. 그대가 가장 즐길 수 있고 흠뻑 빠질 수 있는 일은 무엇인가? 연애 대상을 찾듯이 직업을 찾아라. 매일매일 만나지 않고는 못 배기는 '운명의 사랑' 같은 일을 말이다.

# 전공에 목숨 걸지 마라



그대는 훗날 그대가 걸어온 삶의 여정에 대해 후회하지 않을 자신이 있는가? 학창시절의 어리고 좁은 시각으로 선택했던 전공 혹은 진로가 이 세상 어떤 분야보다 그대에게 맞는 선택이었다고 자신할 수 있는가? 만일 그런 확신이 들지 않는다면 지금의 전공과 진로에 너무 얽매이지 않아도 좋다. 그보다는 더 열린 시각으로 이 넓은 세계를 바라보고, 그동안 무지했고 자신과 무관하다고 여겼던 새로운 세계 속으로 들어가라.

나의 로스쿨 동창이자 중국인인 짐Jim은 미국 유학 시절 내내 허름한 반지하방에서 태국인 동기와 방을 같이 쓰는 고생을 하면서도 학교 발표나 리포트를 매번 1등으로 제출하는 성실하고 책임감 강한 친구였다. 그는 나에게 특히 고마운 존재로 남아 있다. '중국의 청년들에게 중국 밖의 더 넓고 다채로운 세상을 보여주었으면 좋겠다'는 그의 설득 덕분에 내가 중국으로 진출할 수 있었기 때문이다.

그런데 그는 이직의 달인이었다. 어느 날 그에서 명절 선물을 보냈는데 반송되어 와서 전화를 걸어 물었다.

"추석이라 너희 회사로 뭘 좀 보냈는데 반송됐어. 혹시 회사 옮긴 거니?"

"아, 미안! 내가 깜빡하고 말을 안 했네. 응, 이직했어."

물론 직장 생활을 하다 보면 부득이하게 이직을 하게 되는 경우가 생기게 마련이다. 그런데 짐의 경우는 그 정도가 좀 심한 듯했다. 미국에서 귀국한 뒤 2년도 채 안 되는 사이에 무려 다섯 번이나 회사를 옮겼으니 말이다.

그는 또 말했다.

"전 직장보다 내 적성에 더 맞아서 훨씬 재밌게 다니고 있어."

이쯤 되면 그토록 성실하고 믿음직스럽게 보이던 짐이 이상하게 비치는 것은 한국인으로서 당연한 일일 것이다.

'이 친구, 끈기가 너무 부족한 거 아냐? 내가 그동안 사람을 잘못 봤나……'

하지만 이내 깨달았다. 내 생각은 문화의 차이에서 오는 편견에 불과하다는 사실을 말이다. 중국의 직장 문화는 이직에 관한 한 미

국의 그것과 다를 바 없다. 가만히 지켜보니 내 중국인 동료나 선후
배들도 졸업 후 몇 번이고 직장을 옮겼다.

"중국에서는 직장을 그렇게 자주 옮겨도 괜찮은가 봐?"

이런 내 물음에 중국인들은 되레 나를 신기한 듯 바라보며 이렇게
반문했다.

"그럼 한국에서는 한 직장만 계속 다니나?"

여러 측면에서 볼 때 한국과 일본의 직업 문화에는 그다지 큰 차
이가 없는 것 같다. 지금은 '평생직장'이라는 개념이 거의 빛바래긴
했지만, 그래도 아직은 잦은 이직을 곱게 보지 않는 경우가 흔하기
때문이다. 하지만 중국의 직장 문화는 전혀 다르다.

졸업 후 직장을 몇 번쯤 옮기는 것은 중국에서 매우 자연스러운
일이다. 오히려 자신의 전공과 무관한 길이라도 새로운 직업에 도전
하는 것을 권장하는 분위기다. 그동안은 몰랐던 분야라도 자신에게
더 잘 맞는 일을 발견할 수 있다는 가능성을 중시하기 때문이다. 다
양한 분야에 도전하고 적응하는 과정에서 여러 방면의 처세술을 익
힐 수 있고, 또 그만큼 인맥이 넓어져 스카우트의 기회도 많아진다
는 장점도 있다.

나는 중국인들에게 전직이나 이직을 부정적인 시선으로 바라보는
한국의 직장 문화에 대해 들려주었다. 그들은 도무지 이해할 수 없
다는 투로 말했다.

"아니, 그러면 대체 어떻게 자기에게 제일 잘 맞는 직업을 찾을 수 있지? 부지런히 옮겨도 기껏 몇 군데밖에 옮길 수 없을 텐데."

"그럼 한국에서는 학창시절에 정한 전공이 자기한테 제일 잘 맞는 분야라고 확신한다는 건가? 글쎄, 고작 10대에 한 선택을 과연 그렇게 확신할 수 있을까?"

"한 번의 선택으로 진로가 정해진다라, 그건 너무 위험한 생각 같은데."

내가 듣기로는 그들의 말도 일리가 있었다. 자신에게 가장 잘 맞는 최적의 직업과 직장 환경을 찾아 몇 번쯤 전직한다는 것은 어찌 보면 부족한 끈기가 아닌 유연한 사고방식을 뜻하는 것이었다.


우리 사회에는 약 1만 5,000여 개에 이르는 다양한 직업이 있다. 더구나 그 직업은 변화무쌍한 시류에 따라 여러 갈래로 나뉘기도 하고 아예 사장되기도 한다. 이 다채로운 환경 어딘가에 이미 정해놓은 길보다 앞으로의 삶을 더 윤택하게 만들어줄 또 다른 길이 있다는 것은 어찌 보면 당연한 일이 아닐까?

그 무한한 기회의 장 속에 자신을 한번 과감히 던져보자. 여러 가지 일을 이것저것 닥치는 대로 경험해보는 것은 청춘만이 가질 수 있는 특권이기도 하다. '한 우물만 파라'라는 낡은 교훈에 처음부터 너무 얽매이지는 마라. 지금은 열 우물을 파서 자신에게 가장 잘 맞는 우물을 찾아내는 사람이 성공하는 시대다. 전공은 전공일 뿐이다. 고정관념에서 벗어나 더 넓은 세상으로 나아가라. 풋내기 시절의 선택이 그대의 평생을 좌우하도록 내버려두지 말기를 바란다. 당신에게 가장 잘 맞고 당신에게 가장 가치 있는 행복을 가져다줄 길은 언제고 바뀔 수 있다.

# 인생 선배를 가까이하라



나에게는 세대를 불문하고 다양한 친구들이 있다. 특히 일본 유학 시절에 만난 스리랑카인 안와르는 가슴이 유난히 따뜻한 친구였다. 나보다 몇 살이나 더 어린 나이에도 불구하고 그는 훨씬 더 성숙한 면모를 지니고 있었다. 그렇다 보니 주변 친구들은 고민으로 괴로울 때나 어떤 문제가 발생했을 때 혹은 미래에 대한 불안감으로 지치고 힘들 때마다 그를 찾곤 했다. 그에게는 상대방의 마음을 편하게 어루만져주는 데 남다른 재능이 있었기 때문이다.

나 역시 고민이 생기면 그를 찾아가 힘든 일을 털어놓거나 조언을 구하곤 했다. 그러던 어느 날 문득 궁금해져서 물었다. 어떻게 그렇게 상대방을 편하게 다독거려주고, 상황에 맞는 조언을 해줄 수 있는지 말이다. 그의 대답은 생각보다 단순했다.

"어려서부터 항상 연장자와 더불어 지내고 어딜 가든 어른과 가까이하라는 가르침을 받으며 지내왔어. 우리 집 가훈이기도 하지. 연장자는 머릿속에 보물 창고를 갖고 있고, 그 보물 창고는 나이가 들수록 더 커진다고 우리 부모님은 늘 말씀하셨어."


경험의 중요성에 대해서는 굳이 따로 언급할 필요도 없을 것이다. 사람은 다양한 경험을 통해 점점 더 성장하고 성숙해진다. 하지만 개개인의 직접적인 경험을 통해 연륜을 쌓는 과정에는 적잖은 난관이 따른다. 우선, 인생에 필요한 다양한 경험을 스스로 체득하는 데는 장구한 시간이 소요된다. 한 사람이 일생 동안 수없이 많은 경험에 부딪히고 그로 인한 깨달음을 체득한다 한들, 사실상 그것은 수천 년 이상 이어져온 인류 역사 속에서 축적된 진리의 극히 일부에 지나지 않을 것이다.

또한 경험에는 무수한 위험이 도사리고 있다. 경험을 의미하는 영어 단어 'experience'는 'ex pericolo'라는 라틴어에서 유래되었다. 이를 풀이하면 '위험으로부터(form denger)'라는 뜻이 된다. 많은 위험 부담을 감내해야 얻을 수 있는 경험은 위험과 불가분의 관계를 이루고 있다. 개인이 많은 일을 직접 경험하고 그로써 삶의 지혜와 연륜을 축적하려면 그만큼의 위험과 고난, 시행착오를 감내해야 한다는 뜻이다.

이 같은 사실을 미루어볼 때, 우리는 인생에 필요한 다양한 가르침을 취득할 '간접적 방식'을 더 적극적으로 사용할 필요가 있다. 그 방법은 수많은 경험을 먼저 해보았고 우리보다 더 풍부한 연륜을 가진 연장자를 가까이하고, 그분들의 이야기에 귀 기울이는 것이다. 삶의 굴곡을 수백 번도 더 겪은 그들의 경험은 송두리째 우리 영혼의 피와 살이 될 것이고, 동시에 인생에 대한 안목이 더 깊어지고 넓어질 것이다.

'에니어그램Enneagram'이라는 성격 심리학에 따르면 사람은 머리 유형, 가슴 유형, 장 유형으로 나뉜다. 물론 인간은 이 세 가지 모두를 가지고 있지만, 이 중 한 가지가 다른 두 가지 유형에 비해 비중이 높으면 그러한 성격이 두드러지게 된다고 한다.

나는 이 세 가지 성격 유형 중 머리 유형과 가슴 유형으로 노년기와 청년기를 구분하고자 한다. 삶의 다양한 경험을 통해 연륜과 지성은 풍요로워졌으나 신체는 노쇠해진 노년기를 '머리 유형'이라 한다면, 아직은 경험이 일천하지만 심신이 튼튼하여 열정적으로 움직일 수 있는 청년기는 '가슴 유형'에 속한다. 이 같은 사실을 볼 때 인생은 참 공평하지 않은가. 만약 경험과 연륜이 풍부한 노년기에 몸도 청년처럼 건강하고, 경험과 연륜이 일천한 청년기에 몸까지 쇠약하다면 얼마나 불공평하겠는가. 비록 웃어른에 비해 연륜은 적으나 많은 일에 도전할 수 있는 에너지를 지녔다는 것만으로도, 청춘은 이루 말할 수 없이 큰 가능성을 지니고 있는 것이다.

　이런 가능성 넘치는 시기에 보다 화창한 미래를 준비하고 싶다면 인생의 다양한 선배들과 최대한 더 가까이 지내라고 권하고 싶다. 책상머리에 앉아 ‘펜과의 대화’만 나누며 고민하는 것은 머리가 풍요로워진 노년기의 몫이지 청년기의 몫이 아니다. 보다 크게 성장하고 보다 멋진 미래를 맞이하려면 지금 자신에게 주어진 본분에 더 충실해야 한다. 그러니 연장자들의 ‘지혜 창고’와 ‘보물 창고’를 더 자주자주 열어라. 더 자주 발로 뛰고, 더 많은 사람들과 진심 어린 교류를 하라. 그것이야말로 청춘의 본분이요, 청춘기에 필요한 ‘진짜’ 인생 공부다.

# 시간의 주인이 되라

시간은 인생의 동전이다.
그것은 그대가 가진 유일한 동전이며,
그 동전을 어디에 쓸지는 오직 그대만이 결정할 수 있다.

_칼 샌드버그Carl Sandburg, 미국 시인

얼마 전 신문 기사를 읽으면서 젊은이들의 치열한 삶에 대해 다시 한 번 곰곰이 생각해보게 되었다.

요즘 대학생은 아르바이트를 하지 않으면 생활이 힘들 정도라고 한다. 특히 입대 사유로 휴학한 뒤 제대해서 돌아오면 상황이 또 전혀 달라져 있다고 한다.

만만찮은 등록금에 물가는 천정부지로 치솟는 요즘 한국 대학생의 한 달 평균 생활비는 42만 원에 달한다고 한다. 게다가 부모로부터 독립해 사는 경우에는 58만 원 선 정도이니, 대학생 열 명 중 일곱 명은 아르바이트가 불가피하다는 말이 된다. 졸업 후 곧장 취업이 된다면 아르바이트 생활은 바로 청산하겠지만 요즘 세상에 그것도 쉬운 일은 아니다.

　이처럼 해야 할 일이 많을수록 시간 관리의 중요성은 더욱 부각된다. 하루하루 쪼개서 아르바이트하랴, 공부하랴 바쁜 젊은 날에는 특히 이 기술이 필요하다. 그렇지 않으면 당장 급한 아르바이트에만 전력을 쏟느라 공부는 뒷전이 될 수 있다.


　교정을 거닐다 보면 늘 종종걸음으로 오가는 학생들을 보게 된다. 그 바쁜 걸음걸이를 보며 나는 그들이 시간의 유한함, 젊음의 유한함과 더불어 삶의 유한함에 대해 깊이 사유해보았으면 하는 바람이 생긴다.

　많은 사람들이 이런 생각을 한다.

　'지금보다 딱 5년만 젊었으면…….'

　젊음을 되찾을 수만 있다면 돈도 갖다 바칠 수 있다는 사람도 있다. 이처럼 사람들이 '젊음'에 집착하는 이유는 무엇일까? 그것은 젊음이 갖고 있는 '무한한 가능성' 때문이다.

　아마 매우 진부하고 당연한 말로 들리겠지만, 그대가 누리고 있는 청춘의 시기는 그야말로 '황금기'다. 무한한 가능성을 지닌 그 시절을 허투루 흘려보내고 싶지 않다면 지금부터 시간 관리 기술을 제대로 익힐 필요가 있다. 가령 지인과 커피를 마시면서 잡담만 하기보다 사회 현상에 대한 진지한 토론을 해보는 것은 어떨까? 지인과의 친분을 쌓음과 동시에 논리적인 말솜씨를 연마하는 이중의 효과를 얻을 수 있도록 말이다. 주변에서 시간 관리의 귀재를 한번 찾아보고 그 사람의 방법을 배워두는 것도 좋은 방법이다.

하버드대 학생들은 일상생활을 철저하게 조직적으로 관리한다. 그러지 않고서는 엄청난 양의 과제 더미 속에서 꾸준히 성과를 내고 여유를 갖기가 전혀 불가능하기 때문이다. 그들은 일주일, 한 달, 6개월, 1년 단위로 시간을 세분화하고 심지어 식단도 일주일 치를 미리 짜놓는다고 한다. 그런 습관을 들이고 생활하다 보면 아무리 바빠도 중간중간 중요한 일을 처리할 틈이 생긴다고 한다.

흘러가는 시간을 그냥 내버려두면 남는 것은 아무것도 없다.

"복학 전에 몇 달 쉬었는데 그 시간 동안 도대체 뭘 하고 지냈는지 모르겠어."

"휴학하고 뭔가 새로운 일을 해보려고 했지만 결국 아무것도 못 하고 지나갔지."

이와 비슷한 말을 해본 경험이 없는가? 인생의 성패는 시간 관리 능력에 달려 있다 해도 과언이 아니다. 우선 연습 삼아 하루 동안의 시간을 오전·오후·저녁 혹은 몇 시간 단위로 쪼개어 계획표를 만들어보라. 이런 습관이 몸에 배면 그대의 삶은 훨씬 더 풍요로워질 것이다.

# 도전할 때의 목적을 끝까지 잊지 마라

그대가 할 수 있는 가장 큰 모험은
바로 그대가 꿈꿔오던 삶을 사는 것이다.

_오프라 윈프리Oprah Winfrey, 미국 방송인

요즘은 일본, 미국, 중국 등으로 어학연수를 떠나는 학생이 아주 흔해졌다. 나 역시 어학연수생 시절을 겪었기에 그들의 고충을 잘 알고 있다. 한국인끼리 어울리자니 언어 능력이 안 늘 것 같고, 한국 친구들을 외면하자니 미운털이 박힐 것 같아 진퇴양난의 상황에 빠진 친구들이 예나 지금이나 참 많은 것 같다.

중국에서 연수하던 S군이 어느 날 나를 찾아와 고민을 털어놓았다. 언어를 배우러 현지에 왔는데 공부는커녕 오히려 생각지도 못한 스트레스만 쌓였다고 그는 말했다.

"제가 여기 온 건 중국어를 공부하기 위해서지 한국 친구들을 사귀기 위해서가 아닌데, 자꾸 생각했던 방향과 다르게 흘러가는 것 같더라고요."

현지에서 언어를 배우고 싶다는 열망으로 힘들게 중국을 온 S군은 웬만하면 현지 친구들을 많이 만들고 언어 능력을 향상시키고 싶은데 자꾸 한국 친구들과 어울리게 된다고 했다. 현지인을 사귀려고 한국 친구를 멀리하자니 그들의 눈총을 받을까 걱정된다는 것이었다. 다들 공부하러 와서는 정작 외국어는 쓰지 않고 한국인들끼리 모국어만 사용하는 것도 불만이었다.

이런 고민 끝에 S군은 본래의 목적에 충실해지기로 마음먹었다. 매일같이 어울렸던 한국 친구들과 거리를 두고 더 열심히 공부하고, 현지 친구들과 친분을 쌓기 위해 이런저런 활동에도 참여했다. 그리고 시간이 좀 흐르자 그의 뒤에서 불편한 소리가 들려오기 시작했다. '잘났으면 얼마나 잘났기에 그래?', '얼마나 잘되는지 두고보자'라는 식의 뼈 있는 말들이 S군의 마음을 점점 곤혹스럽게 했다. 연수 시절의 목표를 충실히 이루기 위해 한국 친구들을 멀리한 것이 이러한 부작용을 낳은 것이다. 이건 어느 나라 연수생이든 다 겪는 문제인 것 같다. 매년 어학연수 차 중국을 찾은 한국인들 중 이와 비슷한 고민에 빠져 있는 학생을 많이 보았다.

나 역시 일본어 연수 시절에 같은 고민을 했던 기억이 있다. 연수 초기에는 환경이 온통 낯설다 보니 주변 한국인의 도움과 친절이 더욱 고맙게 다가왔고 동포라는 동질감에 빨리 친해졌다. 그래서 한동안 '형', '누나' 하며 어울려 다니고 밤늦도록 술도 마시다 보니, 주객이 전도된 생활이 되어갔다. 마치 언어 공부가 아니라 친목 도모를 하러 돈 들여 먼 나라까지 온 격이었다. 문제는 그들과의 관계를 적절히 조절하지 않는 이상 이런 상황은 계속 반복된다는 것이었다. 친한 선배에게 이러한 고민을 털어놓았는데 그 선배의 반응도 내 생각과 다르지 않았다. 외국에서 한국인끼리만 어울리면 언어 공부는 언제 할 것이며 현지 문화와 사회에 어찌 익숙해지겠냐는 것이었다.

이는 연수생뿐 아니라 외국에서 사는 사람들의 공통된 고민이기도 하다. 한국인 속에 묻혀 살면 편하긴 하지만 또 다른 한국 사회에 편입된다는 느낌을 지울 수 없다. 그곳 사회에 자연스럽게 융화되어 살아가는 것이 아니라 그들끼리의 작은 사회를 형성해 겉돌면서 살아가는 것이다.


이 같은 경험을 토대로 나는 연수나 외국 유학을 준비하는 사람들에게 외국 생활을 본래의 목적에 맞게 잘하라고 조언하곤 한다. 먼저 한국인끼리는 어느 정도 거리를 두고 지내기를 당부한다. 절친하다고, 혹은 외롭다고 해서 줄곧 같이 생활하다시피 하면 모든 소통을 한국어로 하게 되니 타국에서 공부하는 의미가 없어진다. 정에 약한 한국인의 특성상 이것을 지키기가 쉽지는 않겠지만 중요한 원칙으로 삼고 항상 고려하고 있는 것이 좋을 것이다.

다음으로 강조하는 바는 '손가락질받을 준비를 하라'는 것이다.

해외로 가면 그 나라의 언어를 익힐 뿐만 아니라 그곳 사람들과 더 많이 어울리고 현지 문화 속으로 적극 뛰어들어야 한다. 그럼에도 불구하고 한국인들은 국내에서의 행동 패턴을 그대로 고수하거나 적극적인 동료를 비난하기도 한다. 따라서 타인의 왜곡된 시선에 크게 개의치 않는 대범함이 필요하다. 해외에서 더 많이 성장하겠다는 큰 뜻을 위해서 말이다.

자신이 체류한 나라의 현지인과 적극적으로 친분을 쌓는 것은 언어뿐 아니라 문화적인 소양을 쌓는 데도 큰 도움이 된다. 이는 매우 자연스럽고 당연한 일이므로 주변 사람들의 입방아에 좌지우지될 필요가 없다. 외국에서 생활하다 보면 철저한 자기 관리가 특히 많이 필요하다. 부모의 단속에서 벗어나 있어 이런저런 유혹도 많고 외로움에 빠지기도 쉽기 때문이다. 그리고 그런 때일수록 초심을 잃지 않는 정신력이 요구된다. 목표를 향해 끊임없이 정진한 연수생과 타성에 휩쓸린 연수생의 6개월 후는 현격히 다를 것이다.

# 작은 것에 집착하면 큰 것을 잃는다

사람들이 대개 기회를 놓치는 이유는
기회가 작업복 차림의 일꾼으로 보이기 때문이다.

_토마스 에디슨Thomas Edison, 미국 발명가

중국 현지에서 취업을 준비하는 한국 청년들은 자신이 예상했던 것보다 적은 초봉에 실망하는 경우가 많다. 그런데 그 낮은 초봉은 구직자의 열의를 시험해보는 '덫'일 수 있다. 그리고 적잖은 젊은이들이 그 덫에 걸려들곤 한다.

"초봉이 고작 그 정도라고? 한국도 아니고 여기서 그 돈을 받고 일하라니, 말도 안 돼."

또는 초봉이 많은 편이면 '분명 다른 이유가 있을 거야. 매일 야근하다시피 일해야 할지도 몰라' 하고 안 해도 좋을 걱정을 한다. 이처럼 많은 젊은이들이 혼자 이리 재고 저리 재면서 좋은 기회들을 놓쳐버린다. 이런 일들을 목격하면 인생 선배로서 안타깝기가 그지없다.

중국 현지 취업에 대한 정보는 아직 한국 사회에 잘 알려지지 않았기 때문에 본인이 실력과 열정만 발휘한다면 얼마든지 많은 기회를 잡을 수 있다. 현재 중국에 진출한 국내외 기업의 최대 과제는 '쓸 만한' 인재 확보이기 때문이다. 비록 초기 연봉이 만족스럽지 않더라도, 입사한 지 2년도 채 안 되어 초임의 두세 배 정도로 껑충 뛰어오르기도 하기 때문에 초봉에 그렇게 연연할 필요도 없다. 실제로 인재를 필요로 하는 글로벌 기업의 특정 부문에서 두드러지게 활약하는 한국 청년들도 많다. 또 이곳에서는 입사 후 본인의 능력 여하에 따라 주재원 신분을 부여하고 각종 현지 근무자로서의 특혜를 주기도 한다.

취업을 앞둔 청년들에게 나는 늘 말한다.

"스스로를 너무 과대평가하지도, 평가 절하하지도 마십시오. 기업이 제시한 급여로 자신의 가치를 판단해서는 안 됩니다. 단지 가능성을 보세요. 회사에 꼭 필요한 인재라면 얼마든지 당신의 가능성을 읽고 가치를 인정해줄 겁니다. 그렇게 실무에서 능력을 발휘해 더 높은 연봉을 받거나, 아니면 더 좋은 조건을 제시하는 기업으로 스카우트되어 가면 됩니다. 지금 당장 눈앞에 보이는 조건이 전부라고 생각하지 마세요. '진짜 대우'는 기업이 아니라 자기 스스로 정하는 것입니다."

일단 기업에 입사했다면 철저한 주인 의식을 갖고 첫 번째 기회를 잘 잡아야 한다.

나의 은사인 사쿠라이 교수의 강의가 기억난다. 국내외 기업의 컨설팅 등으로 눈코 뜰 새 없이 바쁜 그는 유머 감각도 뛰어난 데다 일본인에게는 매우 드문 직설 화법을 구사하는 교수였다.

"나는 이 시대 사회 시스템이 뭔가 잘못되어간다고 생각합니다. 기업에 입사하는 문제만 해도 그렇습니다. 여러분같이 학교생활밖에 모르고 실제로는 아무것도 할 수 없는 '고철덩어리'들을 기업들이 왜 돈을 주고 채용해야 하는지 모르겠어요. 원래대로라면 여러분들이 돈을 지급하고 들어가야 하지 않을까요? 이미 훌륭하게 체계가 잘 잡혀 있는 기업이 여러분을 번듯한 사회인으로 만들어주니까 말입니다. 외국어니 컴퓨터니 하는 것들은 모두 비싼 돈을 내고 배우는데 왜 탄탄한 기업이 돈을 지급하면서 여러분을 가르쳐야 하는지 이해되지 않는다, 이겁니다."

다소 충격적인 발상이었다. 듣는 사람에 따라 견해가 다르겠지만 나는 이 말에 어느 정도 공감한다. 이제 막 사회에 발을 내딛으려는 사회 초년생은 돈을 비롯한 여러 물질적인 가치보다는 무형의 가치, 즉 경험을 추구해야 한다. 경력과 실력이 쌓이면 돈은 자연스럽게 모이게 되어 있다. 그러므로 당장 배부르게 해줄 연봉보다는 금쪽같은 경험을 얻을 기회에 더 관심 갖기를 권한다. 부모님께 더 이상 손 벌리지 않아도 될 정도의 금전적 보상만 보장된다면 아직은 충분하다. 꼭 필요한 만큼의 돈만 벌면서 나머지 시간은 그대에게 주어진 기회를 활용해 스스로를 연마하는 데만 집중하라.

중국 현지에서 '해외 취업 전문가'란 별칭을 갖게 된 나는 요즘 구직자와 구인자의 간극을 자주 발견한다. 초기에는 이들 관계 중 구인자의 입장이 더 유리해 보였는데, 막상 들여다보니 꼭 그런 것도 아니었다. 사람을 뽑는다는 것은 어느 정도의 위험 부담(일정량의 임금을 지불하며 업무와 사회생활 전반을 가르친 직원이 불시에 그만둘 수 있는 가능성)을 감당한다는 의미도 되기 때문이다. 한편 구직자는 입사라는 관문만 통과하면 그 순간부터는 상대적으로 유리한 입장이 된다. 업무도 배우고 사회생활 경험도 쌓을 수 있으며 수입도 생기기 때문이다. 또 경력을 쌓음으로써 더 나은 곳으로의 이직도 가능해진다.

젊은 시기에 물질적인 부나 명예를 누린다는 것은 아주 희박한 일이다. 물론 일부 이른 성공을 거둔 젊은이들도 있지만 그 성공의 그림자가 어디까지 드리울지는 누구도 알 수 없다. 이런 상황에서 조그만 이익에 급급하다 보면 결국 잃는 것이 더 많아지게 마련이다. 머리 굴리며 계산기를 두드리는 청춘보다는 발품을 팔고 경험을 재산처럼 모으는 청춘이 종국에는 더 좋은 결실을 거둔다.

작은 이익에 눈멀어 이리저리 휘둘리기보다는 더 큰 목표를 향해 꾸준히 걸어가는 뚝심을 키워라. 청춘의 시기는 훗날 어떤 고난이 와도 부서지지 않을 단단한 마음을 길러야 하는 때다. 즉, 물질적인 보상과 같은 유형자산보다는 업무나 사회 능력과 같은 무형자산을 축적하는 데 더 공들일 시간인 것이다.

# 잡초가 건초다

> 장벽을 만나거든 절대 포기하지 마라.
> 그것은 그대에게 절실함을 물어보는 장치에 불과하다.
> 장벽은 절실하게 원하지 않는 사람들을 걸러내기 위한 것이다.
>
> _랜디 포시Randolph Pausch, 미국 컴퓨터공학 교수

'평탄한 파도는 위대한 뱃사람을 만들지 못한다'라는 영국 속담이 있다. 수백 년 혹은 천 년 이상을 지나면서도 고고한 자태를 그대로 유지하고 있는 고목이나 아름드리 울창한 거목의 거대한 풍모 이면에는 과거의 모진 세월이 묻어 있다. 또 링컨 대통령이나 작은 거인 등소평의 이력서에는 실패와 좌절에 관한 내용이 더 많이 기록되어 있다. 이런 점을 미루어보면, 청년기에 무언가를 잃어버린들 그것은 진정으로 잃어버리는 것이 아니고 청년기에 느끼는 좌절 또한 결정적 실패는 아니다.

오늘날에는 인내의 가치가 뒤로 밀려나고 있다. 그보다는 순발력,

반짝이는 재치가 훨씬 강조된다. 그래서일까, 요즘은 끈기 있는 청년을 찾아보기가 힘들다. 힘든 상황 속에서도 이를 악물고 버티는 저력, 치열함이 부족한 것이다.

"지금 회사 업무는 저랑 너무 맞지 않아요."

"야근이 너무 많아서 개인적인 시간을 갖기 힘들어요."

이러한 변명을 곧잘 늘어놓는 젊은이들 중에는 원하는 회사에 취업되었다고 뛸 듯이 기뻐했으면서 너무 쉽게 그만두는 이들이 많다. 그들이 말하는 이런저런 이유들은 얼핏 들으면 타당해 보이지만 자질구레한 변명에 불과하다.

물론 전혀 이해할 수 없는 일은 아니다. 학창시절부터 가혹한 경쟁 속에서 불안감을 키우고 여기저기 눈치를 보며 지내온 청춘이니, 무기력한 태도를 갖게 된 것은 어찌 보면 당연한 일일지도 모른다. 하지만 일어나야 한다. 사회는 언제까지나 청춘의 응석받이로 남아주지 않을 테니까 말이다. 치열한 경쟁에 시달리고 있는 사회인들을 보라. '2등'은 용납되지 않는 냉엄한 전선에서 하루하루 피 마르는 경쟁을 하는 기업인들은 또 어떤가. 그들의 생활은 쓰러지면 거기서 바로 끝나고 마는, 패배라고는 용납되지 않는 '전투' 그 자체라 할 만하다. 무기력과 나약한 정신에 익숙해진 상태에서 정글과도 같은 이 험난한 인생 여정을 어찌 헤쳐나갈 수 있겠는가.


과거의 '7전8기 정신'은 잊히고 창의력과 재능을 높이 사는 현대에는 묵묵히 그리고 느리게 성장해가는 성실함이 무시되는 경향이 있는 것 같다.

실패에 대한 두려움 때문에 미리 겁먹고 앞으로 나아가지 못하는 청춘도 너무나 많다. 그대는 '잃을까 봐' 두려워하는 것이 있는가? 있다면 무엇인가? 돈? 시간? 그것이 무엇이든 한번 깊이 숙고해보라. 그 두려움이 미래에 대한 용기를 부여하기보다 내일을 개척할 힘만 빠지게 만드는 무가치한 기우가 아닌지 말이다.

물론 시간과 노력을 최대한 투자했음에도 그 결과가 뜻한 대로 나오지 않을 수 있다. 그러나 그로 인해 맛보는 쓰라린 고통과 깨달음 자체가 더 나은 미래를 가져다줄 값진 열매다. 우리가 잃어버릴까 봐 도전을 주저하는 마음을 객관적으로 분석해보면 근거 없는 두려움인 경우가 대부분이다. 마음을 장악하고 생각한 바를 행동으로 옮기지 못하게 하는 우려와 걱정은 그저 막연한 '느낌'에 불과하며, 그 느낌에 지배되는 순간부터 '성공'과 '실패'라는 두 개의 값진 열매를 잃게 된다. 청춘의 시기에 가장 잃어서는 안 될 소중한 열매를 말이다.

길가의 여기저기서 볼 수 있는 잡초를 떠올려보라. 아무리 짓밟고 뽑아내도 또 자라나는 잡초야말로 그대의 스승이다. 실제로 잡초는 짓밟히고 또 짓밟히는 과정 속에서 더 강한 생명력과 불굴의 저력을 지닌 건초健草로 변해간다.

영국의 저명한 역사가 아놀드 토인비 교수는 "인류 문명은 계속

되는 도전에 성공적으로 응전하면서 발전한다"고 말했다. 그의 말
에 따르면 인류 개개인 또한 계속해서 도전하고 좌절하고 또 도전해
나가면서 성장한다고 할 수 있을 것이다. 불굴의 생명력과 치열함으
로 모진 세파를 견뎌내는 '잡초 정신'이야말로 이 시대에 가장 필요
한 덕목이 아닐까? '성공'과 '실패'라는 결실 또한 제자리에만 머물
러 있어서는 결코 얻을 수 없는 것이다.

# 실패하라, 단 멈추지 마라


절망은 마약이다.
절망은 생각을 무관심으로 잠재울 뿐이다.

_찰리 채플린<sup>Charlie Chaplin</sup>, 영국 영화배우


- 1831년 사업 실패

- 1832년 일리노이 주 의회 의원 낙선

- 1833년 사업 다시 실패

- 1834년 주 의회 의원 당선

- 1835년 부인 사망

- 1836년 신경 쇠약 판정

- 1838년 하원의장 낙선

- 1843년 하원의원 낙선

- 1846년 하원의원 당선

- 1848년 하원의원 낙선

- 1855년 상원의원 낙선

- 1856년 부통령 출마, 낙선

- 1858년 상원의원 낙선

- 1860년 미국 제16대 대통령 당선


누구의 이력일까? 아마 무척 유명한 이력이라 많은 독자가 눈치 챘을 것이다. 바로 아브라함 링컨이 걸어온 길이다. 그는 일생 동안 셀 수도 없이 많은 실패와 성공을 거듭했다. 실패해도 도전하고 또 도전하는 그의 정신은 그를 무쇠 같은 사람으로 만들었다. 새로운 도전 앞에서 그는 일고의 망설임도 없었다. 반복되는 실패조차 그의 지치지 않는 저력을 막지 못했다.

그는 말했다.

"나는 내가 아는 최선의 방법으로 행하고, 내가 할 수 있는 만큼은 최선을 다한다. 그렇게 계속 나아가는 것이다."

만일 그가 실패할 때마다 일어서지 못했다면 오늘날처럼 존경받는 인물로 남아 있지 못했을 것이다. 성공만 거두며 순탄하게 살아온 경우도 마찬가지다. 어둠이 깊을수록 빛은 더 찬란한 법이다. 그런데 사람들은 대개 타인의 성공은 칭찬하고 존경하면서 실패한 이력은 존경하지 않는다. 또 성공한 사람의 화려함에만 집중할 뿐 과거에 반복한 실패에 대해서는 별 관심이 없다.

실패 없는 성공이란 없고, 성공한 후에도 작은 실패는 계속 따르는 게 인생이다. 그대의 삶을 한번 돌이켜보라. 좌절감에 쉽게 무력해지지 않는지, 한 번의 실패로 자괴감에 빠져 다른 기회에 도전할 엄두조차 못 내고 있지 않은지 말이다.

공기업, 금융권, 대기업 등등 온갖 기업에 서류를 몇 십 통씩 넣어도 연락이 없으면 십중팔구 자포자기 심정이 되거나 깊은 고민에 빠질 것이다. 이 시기 청춘들은 '왜 나만 이렇게 방황하는 걸까?' 하는 자기 연민에 휩싸이기도 한다. 하지만 4-50대에도 방황은 겪게 마련이며, 치열한 고민을 요하는 순간도 시시때때로 찾아온다. 그러니 자신이 늘 원해왔던 꿈의 직업을 갖고 일하는 사람은 정말 축복받은 사람이 아닐 수 없다.


방황은 청춘의 특권이지만, 대신 현실과 자신을 정확히 파악해야 한다. 유명하다고 우르르 대세에 편승할 필요가 전혀 없다는 말이다. 트렌드보다는 '내가 잘할 수 있는 것'이 무엇인지를 정확히 알아내라. 하고 싶은 일은 자꾸 하게 되어 있고, 자꾸 하다 보면 결국 잘하게 되어 있다. 어느 기사에 따르면 대기업에 입사한 신입사원이 11개월 안에 퇴사하는 경우가 태반이라고 한다. 많은 젊은이들이 '자신에게 맞는 일'보다 '남들이 좋다고 하는 일'을 택하기 때문에 이런 일이 비일비재하게 일어나는 것이다. 좋아하고 잘할 수 있는 분야를 골랐다면 과연 그렇게 짧은 시간 내에 포기하게 되겠는가.

그렇다고 원치도 않은 분야에 덤벼들어 수년을 낭비할 필요는 없다. 그러다 보면 서른이 훌쩍 넘어 조급해지기 십상이다. 그러므로 일단 원하는 분야가 무엇인지부터 인생의 장기적 목표가 무엇인지까지 시간을 두고 차근차근 생각해봐야 한다. 조급하게 느껴지더라도 취업 시기를 약간 늦추고 다양한 전문 지식을 쌓아보는 것도 좋은 방법이다. 가령 대학 졸업을 미루고 전공 이외의 분야를 접하거나 그 분야의 선배들과 교류를 넓히는 것도 좋다. 자신이 원하는 커리어를 정확히 아는 것이 무엇보다 중요하므로 그것에 도움 되는 일이라면 어떤 경험이든 망설이지 말고 도전하라.

시대의 트렌드를 꾸준히 읽고 세계가 나아가는 방향에 귀 기울일 필요도 있다. 해마다 자신의 포트폴리오를 업그레이드 한다는 마음가짐 또한 필요하다. 특히 인맥은 어떤 일을 하든 인생에서 매우 중요한 요소다. 늘 새로운 사람을 만나 그들에게서 배우고 계속해서 친분을 쌓아나가라. 소셜 미디어를 통한 온라인 인맥에 정성을 들이는 것도 한 방법이다. 손에 잡힌 기회는 절대 놓치지 마라. 오늘이 아니면 안 된다는 절박함을 지녀야 한다. 작은 보폭의 걸음걸음이 인생의 질을 결정한다는 것을 잊지 말자.

# 나눔의 풍요를 만끽하라



아시아의 가난한 이웃 하면 어디가 떠오르는가? 러시아, 라오스, 캄보디아 등은 못사는 나라로 통용되는 곳들이다. 그러나 그들에게는 선진국의 사람들이 가지지 못한 풍족한 재산이 하나 있다. 작은 것에도 감사하는 소박한 마음가짐이다.

몇 년 전 러시아 모스크바를 다녀온 적이 있다. 거리를 질주하는 고급 승용차 틈바구니에서 오갈 데 없이 서성이는 집시들을 바라보며, 한때 '사회주의 종주국'이었던 러시아의 '참담한 오늘'을 새삼 느낄 수 있었다.

"스파시바! 스파시바!" (우리말로 감사하다는 뜻)

낯선 동양인이 대수롭지 않게 건네준 약간의 루블화에 대한 감사의 마음을 전하기 위해 지팡이에 늙은 몸을 의지한 외눈박이 걸시 노인은 20여 분을 뒤쫓아 와서 연방 고개를 숙였다.

인도차이나의 '은자의 나라' 라오스도 서서히 경제 발전의 길에 들어서고 있다. 특히 수도인 비엔티안<sup>Vientiane</sup>은 속속 들어서는 현대식 건물과 자동차 행렬이 유럽풍의 낡은 건물과 자전거를 빠르게 몰아내고 있다. 비엔티안의 중심가에도 거리에서 연명하는 사람들이 적잖이 눈에 띈다. 저녁 식사를 하던 중 모자를 공손히 벗어 내미는 이에게 소액 지폐를 건네주자 돌연 손등에 입을 맞추었다. 그러고는 모자 속 1달러짜리 지폐를 꺼내 들고 어쩔 줄 몰라 했다. 그가 불러주는 '환희의 찬가'는 식사가 끝날 때까지 이어졌다.

한편 상하이는 명실상부 세계 최대의 국제도시로 발돋움했다. 유학 시절부터 미국과 중국, 일본 등 25개국을 둘러봤지만 상하이만큼 화려하고 벅적거리는 도시를 본 기억이 없다. 하지만 이름 모를 최고급 승용차가 즐비한 상하이 중심가 한 귀퉁이에는 아직도 자전거나 오토바이 삼륜차가 남아 있다. 나는 부의 재분배 차원에서 종종 이들을 이용하곤 한다.

또 캄보디아는 내가 아시아미래학교(I Love Asia School)를 세운 곳이다. 아시아미래학교는 정규학교가 아니다. 아직도 세계 최빈국이라는 경제 상황에서 유추할 수 있듯이, 캄보디아에는 경제적 빈곤으로 인해 학교를 못 다니는 청소년들이 적지 않다. 이런 아이들에게 무료 교육의 기회를 제공하고자 설립된 비정규교육기관이 아시아미래학교다. 심훈의 《상록수》를 연상시키는 빈민가 어린이들을 위한 이 학교에서는 1년 교육비로 1인당 약 15만 원이 필요하다. 가정 형편상 정규학교를 다니지 못하고 이곳에 다니는 학생들은 월말고사 등에서 성적 우수 장학금(미화 5달러 내외)을 받으면 거기서 상당액을 떼어내 자기보다 더 어려운 처지에 있는 이들을 위해 쓴다. 두 손 모아 공손히 나누며 살아가는 그들의 모습을 보는 것만으로도 나는 가슴이 벅차다.

아시아미래학교가 설립될 당시 한국의 몇몇 매스컴은 내게 다소 불편한 심기를 드러내기도 했다. '우리 사회에도 아직 소년소녀 가장이 많고 빈부 격차도 심한데 왜 다른 나라까지 도와야 하느냐'는 것이었다. 전혀 틀린 말은 아니다. 하지만 캄보디아나 라오스와 같은 곳은 국민들이 아무리 소명 의식을 갖고 움직이고 실천하려 해도 국가 경제력이 따라주지 않아 빈부 격차 문제를 해소시키기가 힘들다. 월드컵 4강 기록을 남긴 저력에 경제력이 세계 11위에 달하는 대한민국과는 비교가 안되는 것이다. 가진 자뿐 아니라 일반 서민들도 각자의 형편에 맞게 주변의 아픔을 어루만져준다면 우리 사회의 빈곤 문제는 어느 정도 해소될 수 있으리라 본다.

삐딱하게 앉아 남 탓만 하기에는 시간이 너무 아깝다. 다른 이들에게 의지하려고도 말자. 빈부 격차 문제를 정부가 책임져주지 않는

다며 성토한다고 그 문제가 해결되는 것은 아니다. 그대가 먼저 실천하라. 친구들을 만나 한잔씩 기울이는 소주 값부터 나눠보는 건 어떨까? 우리 사회의 빈부 격차, 양극화의 아픔을 해소시키는 길은 '콩 한쪽도 나누는' 작은 실천에서 시작된다.

# 그대 자신을 넘어서라



캄보디아의 수도 프놈펜 교외에 위치한 아시아미래학교에서는 그동안 수백 명의 캄보디아 청소년들이 미래를 다져왔고, 지금까지도 그 숨결이 이어지고 있다. 그리고 이것은 과거 한 젊은이의 '자신을 넘어선' 도전의 결과다. 자기 일 하나 제대로 감당하지 못하고 우왕좌왕하던 미숙한 청년이 조금은 버거운 계획을 품고 행동으로 옮겨 희망의 불꽃을 만들어낸 것이다.

아시아미래학교가 운영하는 한일아시아기금은 원래 한일 양국의 우호 관계를 위해 설립된 단체였다. '한일 양국 민초民草들의 협력으로 캄보디아의 청소년들에게 교육 기회를 제공하자'는 취지로 양국에서 기금을 모아 만들어진 것이 아시아미래학교의 연원인 것이다.

2011년 2월 말에 찾은 아시아미래학교에는 열심히 책을 낭독하는 학생들의 맑고 청아한 소리로 가득했다. 개교 이후 새롭게 창설한 아시아미래학교 부설 유치원에서는 코흘리개 꼬마들의 수줍은 미소가 그동안 쌓인 피로감을 깨끗이 씻어주었다. 또 한일아시아기금을 통해 교재나 문구류 등을 지원하는 정규 초·중·고등학교의 학생들로부터 무한한 힘을 충전받을 수 있었다. 이처럼 젊은 시절에 도전하여 일구어낸 나의 작은 결실들은 지금의 나에게 꾸준히 힘을 실어주는 활력소이자 충전소가 되고 있다.

돌이켜보면 나는 이곳으로부터 참 과분한 선물을 받아왔다. 학생들과 학부모들에게 내가 해준 것 이상의 애정을 받아왔으니 말이다. 한 지인은 나에게 이렇게 말한다.

"그동안 아시아미래학교에서 공부한 학생은 몇 백 명에 불과하지만 그 가족들을 합치면 몇 천 명이 아닌가. 그 많은 수의 사람들이 이곳에서 희망을 가꿔왔으니 그게 어디 작은 일인가."

이런 말을 듣고 있자면 한없는 부끄러움이 몰려오는 한편 보람도 느껴지는 것이 사실이다. 내 앞가림조차 못하고 헤매던 내가 많은 사람들의 지원과 응원 속에서 조금이나마 도움을 베풀었다는 것이 신기할 따름이다.

아시아미래학교를 꾸려오며 내 삶은 완전히 달라졌다. 나 자신을 넘어선 도전을 하고 나니 삶을 대하는 자세 또한 그 전에 비해 훨씬 적극적으로 변했다. 조금 어려운 일처럼 보여도 '할 수 있다'는 가능성에 더 집중했고, 다른 일 때문에 바쁜 와중이어도 다른 사람에게 조금이나마 도움이 될 것 같으면 망설이지 않고 도전했다. 삶의 태도가 이런 식으로 변하다 보니 나 자신 그리고 나의 인생도 이전보다 더 소중히 여기게 되었다.

내가 이런 경험담을 이야기하는 것은, 주어진 과제를 처리하는 데만 익숙하고 바쁜 오늘날의 청년들이 자신의 틀을 깨는 데 좀 더 집중하길 바라기 때문이다. 스스로 둘러놓은 틀에 갇혀서 답답하고 숨막히는 것은 자기 자신 뿐이다. 그렇게 살아서 얻는 가장 좋은 결과는 그저 스스로를 근근이 건사하는 것뿐이다.

직장인, 학생 할 것 없이 많은 사람들이 다음과 같은 생각에 빠져 살아간다.

'지금 해야 할 일만 해도 산더민데 어떻게 다른 일을…….'

'도전은 지금보다 여유가 생기면 그때 하면 돼. 아직은 상황이 받쳐주지 않아.'

이런 생각은 얼핏 이성적인 판단인 듯 보이지만 실상은 자기변명에 불과하다. 지금까지의 낡은 사고방식에서 벗어나 좀 더 큰 도전에 눈을 돌려라. 그대 또한 그대만의 '아시아미래학교'를 설립하라는 것이다. 평소 '언젠가 해봐야지'라고 생각한 일이 있다면 그 '언젠가'를 지금으로 앞당겨 시작하라. 성공하든 성공하지 않든, 그 도전 자체가 삶에 대한 그대의 태도를 백팔십도 바꾸어놓을 것이다.
보다 열정적이고 보다 진취적인 태도, 인생을 진정으로 즐기고 사랑
하는 태도로 말이다.

# 균형 잡힌 시각에서 균형 잡힌 사고가 나온다



"자동차가 아니라 무슨 로켓이야, 로켓!"

"런민人民들은 어쩔 수 없다니까."

정지 신호에도 아랑곳 않고 오히려 빵빵거리며 지나가는 자동차들을 본 재중 한국 학생들의 반응이다. 주위 어른들도 비슷하다.

"중국인들하고 일하다 보면 정말 속 터져서 원……."

"역시 중국은 안 돼! 중국인들은 너무 못 믿겠다니까!"

"중국인한테는 무조건 크게 말하고 세게 나가는 게 최고야."

중국인들과 거래하는 한국 기업들 혹은 중국인을 고용한 한국 기업주들로부터 흔히 들을 수 있는 말이다. '한국인보다 느리고 일 처리도 허술한 데다 항상 핑계만 대려 하니 도무지 믿을 수가 없다'는 것이다.

하지만 손가락만 한 동전 하나에도 양면성이 있는데 13억 인구로 북적이는 중국은 오죽할까. 단지 몇몇 사례에 의한 침소봉대를 두고 전체를 바라볼 때 생기는 오류는 아주 위험하다. 중국에 대한 한국인의 인식은 이러한 오류로 똘똘 뭉쳐 있다. 중국 사람을 싸잡아 비난하고 '뭐니 뭐니 해도 한국이 제일'이라고 외치는 한국인을 다른 선진국 국가들은 어떻게 바라볼까?

"그 사람들은 일처리를 너무 대강대강 해."

"말은 번지르르하게 늘어놓지만 신뢰하긴 힘들지."

"그들은 양보나 타협을 모르는 것 같아. 목청 높여 우기면 다 되는 줄 알아."

이건 한국인들이 중국인을 평가할 때 많이 나오는 말들이다. 그리고 나는 이 말들을 일본에 거주하던 시절 한국인과 거래하던 일본인들로부터 심심찮게 들었다. 지금은 한류 등의 영향으로 일본 사회에서 한국의 이미지가 어느 정도 개선된 듯 보이지만 오래 박혀 있었던 인식은 쉽사리 바뀌지 않을 것이다. 일본 사회에서는 아직도 한국에 대한 뿌리 깊은 고정관념에 사로잡힌 채 우리나라의 여러 면모를 다각적으로 보지 못하는 사람들 또한 적잖이 존재하는 것이다.

"당신은 일본인? 아니면 중국인?"

"한국? 아, 한국……."

십수 년 전 독일과 프랑스에 갔을 때 그곳 사람들이 한결같이 보였던 첫 반응이다. 강산이 몇 번 바뀔 정도의 세월이 흘렀건만 이 같은 반응은 아직도 그대로인 것 같다. 미국인들은 여전히 동양인을 보면 일본이나 중국을 먼저 떠올린다. 그들에게 한국은 6·25 전쟁과 1980년대의 극렬한 민주화 시위 모습 등으로 점철된 이미지로 굳어 있다. 잘나가는 한국계 기업 등의 선전으로 다소 개선되기는 했으나, 미국 TV 화면에 비친 한국에 대한 영상은 끊이지 않는 시위와 진압 경찰의 모습, 각종 무기와 미사일로 무장한 채 행진하는 북한 인민군, 북한의 모습들로 꽉 차 있다. 그렇다 보니 한국에 특별히 지대한 관심을 두고 있지 않은 한 과격한 사회의 일면과 북한의 이미지가 섞여 혼돈스러운 나라로 인식하고 있을 것이다.

"허구한 날 데모에 파업에, 그 어수선한 곳에서 어찌 살까?"

"북한이 핵을 가지고 저렇게 안달하는 판에, 불안해서 어떻게 살겠어."

심지어 재미 한국인이나 재일 한국인들도 한국을 이리저리 평가하며 답답해한다.

"지하철 안에서 뛰어다니는 애들을 왜 제지하지 않고 그냥 놔두지? 일본인이라면 안 그럴 거야." (한 재일동포 사업가)

"서울 거리엔 아직도 술 먹고 주정 부리는 사람이 많나?" (한 재미동포 학자)

나는 이처럼 근거 없는 부정적 인식에 사로잡혀 있는 사람들이 그
들만의 편견에서 벗어나기를 오랫동안 바라왔다. 그래서 그들이 더
넓은 한국과 한국인을 접할 수 있도록 주위의 다양한 한국인을 소개
해주거나 영상 강의를 보여주고, 여건이 되면 한국에 직접 데려가면
서 그들 스스로 인식을 바꾸게끔 노력한다. 비단 그들 개인뿐 아니
라 이들을 통해 잘못 인식될 한국인을 위해서도 필요한 일이라 여기
기 때문이다.

중국에서는 사람을 판단할 때 가장 중요한 요소 중 하나로 '균형
감각'을 꼽는다. 일본 역시 상대의 입장에 서서 생각하는 방식으로
다른 사람을 배려한다. 미국 사회를 좌우하는 로스쿨 출신들이 학
교에서 가장 먼저 체득하는 것도 이 균형 잡힌 사고다. 편견 없는 시
선, 균형 잡힌 시각에서 균형 잡힌 사고가 나오기 때문이다.


사회가 만든, 혹은 스스로 만든 장막에 가려 헤매지 마라. 그 장막
이 그대의 꿈에 한계선을 긋고 그대가 다른 원대한 목표를 향하지
못하도록 좁은 틀 속에 가둘지도 모른다.

# 나머지 반쪽짜리 삶을 찾아라

영원히 살 것처럼 꿈꾸고
오늘 죽을 것처럼 살아라.

_제임스 딘James Dean, 미국 영화배우


내가 다녔던 일본 게이오 대학 도서관에는 항상 빈 자리가 있었다. 새벽부터 서두르지 않으면 도서관 앞에서 줄을 서야 하는 한국처럼 경쟁이 치열하지도 않거니와 한국 학생들처럼 도서관에 '상주하다시피' 지내는 외국인이 거의 없었기 때문이다. 언제 가든 자리를 잡을 수 있다는 사실에, 처음에 나는 조금 놀랐다. 게이오 대학이라면 일본의 명문대학교인데 도서관 열람실이 텅텅 비어 있다시피 했으니 말이다. 그나마 한국 학생들로 인해 자리가 어느 정도 채워지는 정도였다.

실제로 일본이나 미국, 중국의 한국인 유학생들은 언제나 도서관 주변을 떠나지 못한다. 도서관을 떠나면 큰일이라도 날 것처럼, 놀더라도 꼭 도서관 주변에서 맴도는 게 전형적인 한국 학생들의 특징이다.

외국 생활을 처음 하다시피 하는 나에게 이런 대조적인 도서관 풍경은 엄청난 문화 충격이었다. 한국 사람들은 대체로 주류에서 벗어나면 불안해하는 경향이 있다. 남과 다르게 삶으로써 받는 따가운 눈총을 견디기 힘들어하는 것이다. 이런 강박관념이 있으니 놀러 가면서도 '학생의 본분에 맞는' 도서관에 자리를 잡아두어야 마음이 놓이는 것이 아닐까?

이런 한국인의 특성을 보여주는 또 다른 일화가 있다. 내가 재임하고 있는 대학에는 전 세계 120여 개국에서 온 약 3천6백여 명의 외국인들이 함께 지낸다. 가깝게는 동남아시아와 중앙아시아부터, 남미와 아프리카의 작은 부족국가 등 그야말로 전 세계인이 모여 있다 해도 과언이 아니다. 우리끼리 외국인 유학생 기숙사나 국제학부 건물을 '작은 유엔'이라 부를 정도니 말이다. 어느 날 수업 시간에 한·중·일의 경제 발전에 대한 내용을 다루었다. 한국이 유독 빠른 시간에 성장할 수 있었던 것은 사회 구성원 전체가 워커홀릭에 빠졌기 때문이라는 이야기를 했더니, 몇몇 외국인 학생들이 '현지의 한국인 학생들만 봐도 잘 알겠다'고 말했다.

"한국 사회가 워커홀릭이라면 한국 학생들은 '스터디 홀릭'인 것 같아요."

한국 학생들은 오로지 공부밖에 모르는 것 같다는 얘기였다. 한 학생은 '모두들 교수나 법조인이 되려고 해선지 모르겠지만, 외국 유학을 나왔으면 자기 세계에서 벗어나 다른 세계에도 좀 더 적극적으로 뛰어들 필요가 있지 않을까 싶다'는 의견을 내놓기도 했다. 물론 새겨 들을 말이다.

특히 이 외국인 유학생들이 지적하는 바 중의 하나는 외국 학생들과 어울리는 데 그다지 적극적이지 않은 한국 학생들의 태도였다. 직설적으로 표현하면 그런 모습들이 '배타적'으로 보인다는 것이었다. 이들은 '한국에 대해 좀 더 알고 싶은데 다가가기가 쉽지 않다'고 입을 모아 말했다.


그렇다면 '스터디 홀릭'과 동시대를 살아가는 외국 유학생들의 평상시 모습은 과연 어떨까? 그들의 모습을 보고 있노라면, 한마디로 아주 '잘 논다'. 시시때때로 여러 나라 학생들과 어울려 바비큐 파티를 열거나 다양한 사교 모임을 개최하기도 하면서 말이다.

봄 학기가 되면 봄기운을 한껏 만끽하며 여기저기 잘도 돌아다닌다. 이때는 여행 등을 이유로 대며 결석에 대한 양해 아닌 양해를 '당당하게' 구한다. 방학 때는 중국 대륙을 부분별로 '공략'하겠다며 배낭을 싸들고 훌쩍 떠나는가 하면, 가을 학기가 되면 '이 짧은 가을을 덧없이 보내기가 너무 아깝다'며 또 삼삼오오 모여 무언가를 계획한다. 강의실이나 도서관에 앉아 책으로 공부하는 모습은 거의 찾아보기 힘들다.

한국식 대학 생활에 익숙한 나는 이들을 대하는 것이 처음에는 녹록지 않았다. 서로 성향이 달라도 너무 다른지라 강의 시간에 학생들을 통제하기가 쉽지 않았던 것이다. 떠드는 소리에 인상을 쓰면 '저 사람 왜 저러지?' 하는 눈으로 잠시 쳐다볼 뿐이었다.

그런가 하면 리포트는 아주 성실히 해온다. 그렇게 잘 노는 친구들이 또 언제 그렇게 공부를 하는지 신기할 정도다. 한마디로 그들은 잘 놀고, 잘 공부하며, 잘 산다.

이런 외국 청년들을 볼 때 나는 복잡한 생각에 사로잡힌다. 그들에 비해 한국의 청년들은 노는 것과 너무 담 쌓고 지내는 것 같아 걱정스럽기까지 하다. 어린 나이부터 치열한 경쟁 속에서 부대껴온 그들은 인생을 마치 전쟁 치르듯 살아가는 것 같다. 오직 공부로만 점철된 인생을 살아온 그들의 삶의 방식이 안타까울 따름이다.


균형 잡힌 식단에서 건강한 심신이 완성되듯이, 잘 쉬고 잘 놀아야지 일도 공부도 더 잘해낼 수 있다. 열심히 공부하고 일하는 것도 중요하지만, 이제부터는 제대로 쉬고 열심히 노는 연습도 시도해보는 게 어떨까? 의학 기술이 발달하면서 인간 수명으로 100살까지 바라보는 시대가 도래하고 있다. 100년을 날짜로 계산하면 3만 6,500일이고, 스무 살이 100살까지 산다고 치면 앞으로 2만 9,200일을, 스물다섯 살은 2만 7,375일을, 서른 살은 2만 5,550일을 더 사는 셈이

다. 그 장구한 나날을, 지금처럼 진전한 휴식과 '흥'이 없는 '반쪽짜
리 삶'으로만 살아가야 한다는 건 너무 끔찍하지 않은가? 당부컨대
지금부터라도 나머지 반쪽짜리 삶을 찾아라. 교재가 아닌 세상이라
는 무대 위에서, 인생을 즐길 거리를 끊임없이 탐색하면서 말이다.

# 인생은 항상 현재 진행형이다



지금까지 내가 지나온 날들을 돌이켜보면 마치 역마살이 낀 사람처럼 여러 나라를 누비고 다닌 기억으로 가득하다. 그 과정에서 설립한 한일아시아기금부터 '아시아의 미래는 아시아의 손으로!'라는 취지에서 비롯된 아시아 미래학교, 그리고 우리 청년들을 글로벌 터전으로 향하게끔 보조해온 국비 지원 취업 연수 과정 기획 등 내 나름의 사명감을 걸고 이런저런 일을 맨 땅에 헤딩하듯 해왔다.

일본 연수 시절에는 경제적 여건이 따라주지 않은지라 주간에는 어학연수를 받고 야간에는 아르바이트를 하는 생활을 계속하다가 영양실조와 과로로 쓰러져 구급차에 실려간 적도 있었다. 응급실에

누워 포도당 주사를 맞으며 물밀 듯 밀려드는 서러움에 얼마나 눈물을 흘렸는지 모른다. 한편 미국 유학 당시에는 결혼식 비용을 최대한 아껴 아내와 함께 떠난 유학길이었기에 만만찮은 생활고에 시달렸다. 심지어 내 아들은 미국의 한 자신단체의 지원을 받아 태어날 수 있었다.

미국 유학을 마친 직후, 또 다른 기회를 찾아 상하이로 짐을 꾸리던 날도 기억난다. 잠시 중국에 머무르며 중국을 피부로 느끼고 책도 한 권 쓴 뒤 돌아오기로 했었던 계획은 지금 생각해도 참 무모한 생각이었다. 하지만 돌이켜보면 이런 무모함이 언제나 나의 행동력을 부추기고 이런저런 결과물을 만들어냈다는 것을 알 수 있다.

경제적으로 풍족하지 않은 시기에 무리해서 떠난 유학길이었기에 중국 생활 초기에는 하루에 18위안(한화로 약 3천 원)으로 생활했다. 아침 식사는 오랜 유학 생활 속에서 생긴 습관으로 그냥 거르고, 점심과 저녁 식사는 교내 식당에서 한 끼당 7위안 정도로 해결한 뒤 식당 앞에서 파는 커피로 하루 식사를 마감했다. 혹시 영양 부족으로 고생할까 봐 동료들과의 회식이 있을 때나 주말에 맥주와 안주로 영양 보충(?)을 할 정도였다.

이 힘든 시절을 다 보내고 나니 새로운 세상이 펼쳐졌고, 그날의 힘든 고생은 그저 나의 삶을 다채롭게 해준 추억이 되었다.


인생은 장애물달리기와 같다고 했던가. 그렇다면 내 삶의 걸림돌은 어차피 놓여 있었던 장애물이 아니라 그것을 보고 주저하고 단념하려 했던 나 자신일 것이다.

길에서 커다란 장애물에 맞닥뜨렸 때 어떤 사람은 그것을 걸림돌로 여기고 피해 가지만 어떤 사람은 디딤돌로 여기고 딛고 올라서거나 뛰어넘으려 한다. 또 겨울에 폭설을 마주치면, 어떤 이는 안절부절하며 눈이 녹기만을 기다리는 반면 어떤 이는 눈을 밟아 길을 만들며 전진해나간다.

나에게는 아직 이루고 싶은 꿈이 많이 남아 있다. 우리 대학에 '한·중·일 전문가' 육성의 일환인 '중국어+일본어 동시 학습 학기'를 신설하는 단기적인 계획부터, 중국의 민초들과 함께 한일아시아기금을 '한·중·일 아시아기금'으로 발전시키고 싶다는 꿈도 갖고 있다. 또 장기적으로는 오랫동안 품어온 아시아미래대학을 설립하겠다는 포부도 품고 있다. 부양해야 할 가족이 있는 40대 중년의 가장으로서 이런 꿈들이 얼마나 현실성 있는 소망인지는 확신할 수 없다. 현재의 이런저런 여건을 고려하면 막막해지는 것도 사실이다. 하지만 나는 포기하지 않고 그 꿈을 향해 꾸준히 달려갈 것이다.


삶은 어떤 면에서 자전거 타기와 비슷하다. 자전거를 타는 속도야 저마다 다르지만 페달을 밟고 있는 한 계속해서 앞으로 나아가게 마련이다. 지금 그대가 몇 살이건 어디에 있건, 페달을 힘껏 밟고 있는 한 인생은 항상 '진행 중'일 것이다. 그 진행을 즐기며 가다 보면 언

젠가는 목적지에 도달할 수도 있고, 예상치 못한 또 다른 신세계가
그대를 맞이할 수도 있다. 내 삶이 그러했고 또 지금도 그러하듯이
말이다. 절대 잊지 말자. 페달을 돌리는 한 인생은 계속해서 앞으로
나아간다는 사실을, 나에게나 그대에게나 인생은 늘 현재 진행형이
라는 것을 말이다.

청년기에 무언가를 잃어버린들
그것은 진정으로 잃어버리는 것이 아니다.
청년기에 겪는 좌절 또한
결정적 실패는 아니다.
평탄한 파도는
위대한 뱃사람을 만들지 못한다.

# 중국이 원하는 한국인 인재

상하이 동화대학교 취업 연수 출신

"꼭 가야겠다면 보내주마. 단 네가 선택한 일이니 후회는 말아라."

딸을 외국으로 보낸다는 것이 여러모로 탐탁지 않았던 부모님을 '정부가 지원하는 연수'라며 설득하고 중국에 와서 생활한 지 벌써 5년째다.

사실 외국에서 혼자 힘으로 해외 취업을 하기란 쉽지 않다. 그런데 현지 적응 교육, 취업을 위한 교육 등 다양한 교육을 제공하며 길잡이 역할을 해준 연수 과정 덕에 나는 만족스러운 취업을 할 수 있었다. 물론 취업 연수 과정에 참여한다고 해서 모두에게 좋은 취업 기회가 주어지는 것은 아니다. 더구나 해외 취업 희망자들은 해외 취업에 대한 막연한 기대와 화려한 꿈을 안고 오는 경우가 많기 때문에 취업의 기회가 와도 급여 조건, 근무 환경, 회사 규모 등을 따지며 마다하곤 한다. 하지만 그렇게 따지고 망설이는 사이 시간은 흐르고, 잡을 수 있는 기회는 저만치 떠나버리게 마련이다.

나라고 처음부터 이것저것 따져보지 않았던 것은 아니다. 그러나 중국에서 경쟁력 있는 인재로 인정받으려면 그에 준하는 능력을 충분히 갖추고 있어야 하고, 그렇지 않으면 자신이 원하는 취업을 할 수 없다는 사실을 깨달았다. 또한 이곳에서 성공하려면 언어 구사 능력뿐만 아니라 중국인과의 교류 능력, 중국 문화를 수용하는 능력, 사회규범을 이해하고 따르는 능력, 심지어 각종 중국 음식을 소화해내는 능력까지, 중국의 거의 모든 것을 자연스럽게 받아들일 수 있어야 한다. 나는 이런 것들을 잊지 않고 중국에서의 경쟁력을 갖추기 위해 적극적으로 노력하고 도전했다.

주변을 보면 해외 취업 과정 중에 외국인이기에 피할 수 없는 돌발 상황, 불합리한 대우 등을 견디지 못하고 중도에 포기하는 사람이 종종 있다. 나 역시 이곳에서 수차례 절망했고 모두 포기하고 돌아가고 싶은 순간도 있었다. 하지만 나 스스로 기회라고 믿고 선택한 결정이었기에 그때마다 견뎌내고 일어섰고, 결과적으로 그런 과정을 통해 더 단단해진 것 같다. 그리고 지금, 몸이 아무리 피곤해도 지칠 줄 모르고 즐길 수 있을 만큼 적성에 딱 맞는 일을 찾아 열심히 살고 있다.

앞으로 내게 다시는 시련이 닥치지 않는다는 법은 없겠지만, 혹 넘어지더라도 또다시 일어나 도전할 수 있을 거라는 나 자신에 대한

믿음은 있다. 언제까지고 위풍당당한 '글로벌 코리언'으로서 성장
을 향해 무한 도전하는 삶을 살 것이다. 글로벌 코리언에게는 시련
은 있어도 포기는 없으니까 말이다!

# 세계는 넓고 할 일은 많다

상하이 동화대학교 취업 연수 출신

나는 지금 중국 상하이의 한 다국적 기업에서 근무하고 있다. 사실 한국에 있을 때는 다국적 기업에서 직장 생활을 한다는 것을 상상도 못했었다. 지방 대학을 다닌 나로서는 꿈꿀 여지조차 없는 일이었으니까 말이다. 회사를 다니고 있는 지금도 '다국적 기업'이라는 말만으로 가슴이 떨리고 긴장되는 것이 사실이다. 내가 이런 세계적인 기업에 몸담고 있는 것이 믿기지 않아서다.

나는 아주 우연한 일을 계기로 중국에 첫발을 내디뎠다. 학교 동기가 취업 연수 프로그램을 통해 중국에 취업했다는 소식을 친구로부터 전해 듣고, 마침 취업 문제로 마음고생을 하던 차에 처음으로 외국에서의 직장 생활을 생각하게 된 것이다. 고민 끝에 동화대학교 취업 연수 과정에 참가 신청을 했는데 운 좋게 합격했고, 지금 이 자리에까지 오게 되었다.

6개월간의 연수는 그야말로 '정신을 바짝 차리게 만든' 사건이었다. 한국에서 남들이 걷는 길 그대로 따라가기 급급한 삶을 살았던 내게는 교수님의 조언 하나하나가 한겨울의 찬물 세례처럼 날카롭게 다가왔다. 그때부터 나는 정신을 가다듬고 바닥부터 다시 시작한다는 마음가짐으로 연수 생활에 임했다. 비즈니스 특강 강사들의 주옥같은 가르침을 매 순간 상기하고, 강의 후에는 직접 찾아뵙고 조언을 구하곤 했다. 이는 무척이나 부담스럽고 어려운 일이었지만, 나 자신을 바꿔야 인생도 새롭게 바뀔 것이라는 생각에 창피함이든 부담감이든 모두 극복하고자 노력했다.

그러다가 우연히 한 무역회사 입사를 추천받게 되었다. 직장 경험이라고는 전무하고 중국어 실력 역시 그다지 자신 있는 편은 아니었지만, 나는 다시 한 번 용기를 냈다.

예상은 했지만 입사 후 몇 개월간은 정말이지 고통스러운 날의 연속이었다. 나서서 일을 가르쳐주는 상사가 없었으니, 출근 시간부터 퇴근 시간까지 모든 직원이 바쁘게 움직이는 가운데 나 혼자서 일을 찾아 하나하나 해결해야 하는 상황이었다. 중국어로도 원활히 소통하지 못해 답답한 판에 무역회사라 영어 능력까지 필요했으니 고생이 이만저만이 아니었다. 연수를 함께한 선배들에게 조언을 구하면 돌아오는 말은 항상 똑같았다.

"그게 사회생활이야."

"남들도 다 똑같이 겪어."

"거기서 지면 끝장이야!"

그들의 신랄한 충고와 격려에 힘입어 나는 눈물, 콧물을 다 쏟아 내면서도 꿋꿋이 버텨냈다. 그렇게 지내기를 몇 개월, 어느 샌가 조금씩 마음의 여유가 생기기 시작했고 무심하고 무뚝뚝하게만 여겨졌던 직장 동료들과도 친해져갔다.

그렇게 힘든 적응기를 보내고 몇 개월 뒤, 갑작스레 '베트남 지사에 가서 근무해달라'는 지시를 받았다.

'중국까지 와서 난데없이 웬 베트남 근무?'

처음엔 당혹스러웠지만 힘든 시기를 보내며 강단이 생겼는지 금세 '못할 것도 없겠네'라는 생각이 들었다. 그렇게 선뜻 나선 베트남에서 이번엔 또 다른 복병을 만났다. 직장 생활에 적응하는 건 이미 상하이에서 한 번 겪은 터라 큰 문제가 없었지만 손 뗀 지 너무 오래된 영어를 위주로 생활하는 것이 곤욕이었던 것이다. 나는 다시 마음을 다잡고, 이 또한 기회일 거라 생각하며 영어 공부에 몰두했다. 생각을 바꾸니 천근만근이던 마음도 한결 가벼워졌다.

베트남에서 몇 개월을 지낸 뒤 상하이로 돌아왔을 때, 나는 이미 내가 예전의 내가 아님을 깨달았다. 약 2년 전쯤 처음 상하이로 왔을 때의 나, 베트남에서의 나 그리고 또다시 상하이로 돌아왔을 때의 나는 전혀 다른 사람처럼 느껴졌다.

이후 또 다른 기회를 맞아 더 큰 도약을 위해 직장을 옮긴 지금, 나는 참으로 즐겁고 행복한 생활을 하고 있다. 물론 아직 일을 완벽히 익힌 상태는 아니지만, 어느 샌가 외국에서 직장 생활이 가능할 정도로 다져진 영어·중국어 실력을 생각하면 스스로 대견스럽기만 하다. 또 이 넓은 중국 대륙의 어엿한 회사에서 다른 지역으로 출장도 가고, 다양한 국적의 외국 바이어를 만나다 보니, 이젠 이보다 훨씬 더 큰 꿈도 실현할 수 있겠다는 자신감도 생긴다.

스펙 경쟁으로 힘든 한국의 후배들에게도 이러한 나의 경험을 꼭 알려주고 싶다. 아울러 그들도 더 넓은 세상, 더 새로운 삶을 향해 과감히 도전하라고 말하고 싶다. 세계는 넓고 할 일은 정말 많다. 이 넓은 무대와 넘치는 일이 있는데 단지 지금 익숙한 무대와 지금까지 생각해온 일만 하며 살기에는 청춘이 너무 아깝지 않은가!

# Part 3.
## 국경 밖에서 '진짜' 청춘을 낚아라

# 청춘을 한숨으로 메우지 마라



요즘 여기저기서 '사는 게 힘들다'는 하소연이 들려온다. 경쟁이 날로 심화되는 사회 분위기 속에서 너나 할 것 없이 미래에 대한 고민이 많아지고, 그에 따라 심리적인 위축감도 커지기 때문인 것 같다.

10대 때부터 생활비를 벌기 위해 이런저런 아르바이트 전선에 뛰어드는 학생들도 적지 않다. 물론 어릴 때부터 다양한 경험을 해보는 것은 좋지만, 그 동기가 오로지 경제적 어려움 때문일 경우 문제는 달라진다. 너무 어린 시절부터 궁핍한 환경에 의해 고생하다 보면 자신도 모르는 사이에 비관적인 성격이 되기 쉽다. 이건 내가 직접 겪

은 일이기에 말할 수 있는 부분이다. 나 역시 생활고에 시달리며 막
연하기만 한 미래에 대한 불안감으로 종종 우울해했으니 말이다.

그렇다면 명문대 졸업생이라고 해서 다를까? 주위를 돌아보면 전
혀 그렇지 않다. 한국 최고의 명문대 졸업생이 취업이 안 되어 자살
했다는 뉴스까지 보도되는 것을 보면, 청년 취업난은 스펙만 잘 쌓
는다고 피해갈 수 있는 문제가 아닌 것 같다. 고등학교를 갓 졸업하
고 명문대에 당당히 입학했을 때 그는 얼마나 큰 희망과 꿈에 부풀
었을까? 4년 뒤 자신에게 닥칠 현실은 꿈에도 모른 채 말이다.

게다가 요즘 듣자 하니 등록금 마련을 위해 자포자기 심정으로 아
예 나쁜 길에 접어드는 친구들도 있다고 한다. 이처럼 힘든 현실을
못 이기고 뒤틀린 청춘들의 가슴 아픈 소식을 듣고 있노라면, 동시
대를 살아가는 기성세대로서 뼈아픈 책임감을 느낀다.

천정부지로 치솟는 물가, 감당 안 되는 등록금, 갈수록 심해지는
취업난……. 형편이 이렇다 보니 등록금 걱정에 군대를 가는 청년
도 있고, 취업난이 두려워 휴학을 선택하는 이들도 많다. 점차 늘어
가는 20대 자살률은 이런 비극적인 현상의 지극히 자연스러운 결과
가 아닐까?

힘든 고비를 거쳐 직장에 들어가면 끝인가 하면 그도 그렇지 않
다. 〈월스트리트저널〉은 한국에 '고단한 근로자의 나라', '워커홀릭
의 천국'이라는 별명을 붙였다. 마치 '일하기 위해 사는 것 같다'는

그들의 말은 결코 과장이 아니다. 입사하는 순간부터 이런저런 일과 사람들에 치이며 직장 생활을 하는 것이 한국에서는 당연한 일이 아닌가. 근무 시간이 길다 보니 개인적인 시간을 내기도 힘들다. 때문에 일이라는 블랙홀 속으로 끝없이 빠져드는 생활에 위안이 될 만한 거리도 없다. 그렇게 하루하루 쫓기듯 지내다 보면 어느덧 서른 중반을 훌쩍 넘어선다.

나는 이와 같은 전철을 그대로 밟으며 살아가기보다는 지금부터라도 진로에 대해 더 깊고 진지한 탐색을 해보라고 말하고 싶다. 지구상에 한국이라는 나라만 있지 않다는 것은 우리에게 아주 희망적인 사실이다. 또 우리 모두에게는 삶의 터전을 옮겨 살 수 있는 이동의 자유가 있다. 상하이에 있는 동안 나는 이런 자유를 용감하게 이용하고 도전하는 청년들을 많이 보았다.

자신을 알아주는 이가 없다 하여 젊음의 시간을 좌절의 한숨으로 메울 필요가 있을까? 어딘가에 그대를 더 열렬히 환영하는 곳이 있을지도 모르는데 말이다. 시대적인 어려움은 어쩌면 '더 넓은 세상으로 나가라'는 신호인지도 모른다. 젊음과 그에 어울리는 열정을 밑천으로 삼는다면 이 같은 도전은 결코 허무맹랑한 일이 아닐 것이다. 돈이 없다는 것, 어학 실력이 낮다는 것은 그저 핑계에 지나지 않는다. 모든 요건을 갖추고 시작하는 도전은 아주 드물다. 조금은 부족한 환경과 상황에서 일단 저질러놓고 하나하나 수습해가는 삶도 보람 있지 않을까?

뜻이 있는 곳에 길이 있다고, 찾아보면 다양한 지원책들도 많다. 그걸 찾아서 행동에 옮기는 것만이 젊음의 밑천이고 특권이다.

스티브 잡스는 말했다.

"항상 갈망하고 언제나 우직하게, 매일을 인생의 마지막 날처럼 살아라."

대학 중퇴자에다 입양아로 노동자 계급의 아들이었던 그는 현재 아이티 업계의 신으로 추앙받는다. 배경이나 학벌은 그에게 아무런 문제가 되지 않는다. 오히려 더 많이 도전하고 꿈꾸며 '도전하고 벽을 깨라'고 젊은이들을 향해 외치고 있다.

남과 다른 길을 걸을 때 불안한 마음이 드는 것은 당연한 일이다. 그리고 그것을 극복하는 길은 오직 저지르는 것뿐이다. 그대여, 더 많이 저지르고 더 많이 부딪혀라. 우리가 사는 이 세상에서 확실한 것은 '모든 것이 불확실하다'는 사실뿐이다. 이런 세상에서 보장된 길만을 걷기엔 청춘이 너무 아깝지 않은가!

# 더 큰 무대가 그대를 기다리고 있다



요즘은 유학이나 연수로 외국에 나가는 젊은이들이 많지만, 그만큼 중도에 포기하고 돌아오는 경우도 많다. 앞날이 불확실한 상황에서 나름 큰 포부를 안고 나갔다가 현실적인 여건에 부딪혀 돌아오는 것이다. 나는 설혹 포기하고 돌아오는 한이 있더라도 젊은 시절에 어떤 방식으로든 해외 경험을 해보라고 권하고 싶다. 해외에서 만난 한국의 젊은이들로부터 한결같이 들은 말이 있기 때문이다. 그들은 해외로 나온 뒤 세상을 보는 시야가 훨씬 넓어졌고 그동안 자신이 얼마나 우물 안 개구리였는지 깨달았다고 입을 모아 말했다. 나 역시 집을 떠나고 나서야 비로소 철이 들고 세상을 보는 시각, 조국을 보는 시각이 넓어졌다. 무엇보다 나 자신과 주변을 돌아볼 계기가 되었다.

내가 처음 외국 진출을 꿈꾼 것은 군대를 전역하고 3학년 복학을 앞두고 있을 때였다. 여전히 가난한 고학생 신분이었지만, 해외여행이 일반인들 사이에서 비교적 자유로워진 만큼 가까운 나라 일본에라도 꼭 가보고 싶었다. 군대 말년에 심심풀이 삼아 시작한 일본어 공부가 그 계기이기도 했다. 그리고 얼마 안 가 친구의 부모님이 회사 주재원으로 일본에 체류 중이라는 말을 들었다. 이 말을 들은 나는 꿈을 위해 뻔뻔해지기로 했다. 며칠이나마 친구 부모님 곁에서 신세를 지기로 마음먹은 것이다. 그때부터 아침마다 신문을 돌리고 저녁에는 우유를 배달하며 여행 자금을 마련하기 시작했다. 그렇게 힘들게 모은 돈으로 난생처음 비행기에 몸을 싣던 날, 내 가슴은 기대감과 설렘으로 마구 요동쳤다.

그곳에서 나는 적잖은 문화 충격을 받았다. 물론 해외여행 경험이 처음이기 때문이기도 했지만, 그동안 한국에서 알고 있던 일본과 그곳에서 직접 겪는 일본의 차이가 너무도 컸기에 하루하루가 놀라움의 연속이었다. 예정된 귀국일이 가까워지고 수중의 돈이 떨어질수록 더 머무르고 싶은 마음에 조바심이 날 정도였다.

귀국을 며칠 앞둔 어느 날, 나는 여행이 끝나간다는 아쉬움에 홀로 오사카 시내를 걷다가 그만 길을 잃어버렸다. 행인을 붙잡고 어설픈 일본어로 길을 물었는데 다행히도 그는 재일교포였다. 나와 그는 자연스럽게 몇 분간 대화를 주고받았고, 일본에 더 머무르고 싶어 하는 내 사정이 딱해 보였던 그는 일본인이 경영하는 식당에 나를 소개해주었다.

그 이후 내 생활은 한국에서의 일상과 별반 다르지 않았다. 낮에는 일본어 학원에서 공부하고 밤에는 접시 닦는 생활을 하면서 그야말로 '살인적인' 일본 물가를 감내해야 했다. 식비를 아끼려고 아침은 먹지 않고, 점심은 하얀 밥에 고추장을 비빈 도시락으로 대충 때웠다. 그런 생활을 계속하다가 앰뷸런스에 실려 가는 사태를 맞기도 했다. 무리한 일과 속에서 밥도 제대로 먹지 않아 몇 번이나 코피를 흘리면서도 막무가내로 버틴 결과였다. 말할 수 없이 고생스러운 나날이었지만 나는 그 시절의 경험을 무엇과도 바꾸고 싶지 않다. 그 경험을 계기로 일본에서 석사 학위를 땄고, 안주하기보다는 새로운 환경에 도전하는 삶의 여정이 시작되었기 때문이다.

아직도 많이 부족한 내가 지난날의 소소한 경험을 이렇게 들려준다는 것이 쑥스럽긴 하나, 이를 통해 한 가지 꼭 강조하고 싶은 것이 있다. 그 시절 모든 것이 낯설고 험난하기만 한 외국 땅이었지만, 매사에 눈을 또렷하게 뜨고 치열하게 살다 보니 앞이 보이더라는 것이다. 그렇게 하나 둘씩 경험해가다 보니 성과가 쌓이고, 그 성과에 힘입어 또 다른 도전을 시도할 수 있었다. 이런 행동에 탄성이 붙으면 어느새 스스로에 대한 자신감도 커지고, '도전하는 삶'에 익숙해진 자신을 발견하게 된다.

　도전이 주는 설렘과 자극은 그대의 청춘을 열정으로 펄펄 뛰게 만들 것이다. 그대도 훗날 인생 후배나 그대의 자녀에게 자랑스레 들려줄 만한 뜨거운 도전을 하나쯤 시도하기 바란다. 그 과정에서 흘린 땀과 눈물은 그대의 앞길을 밝힐 기적의 불씨가 될 것이다.

# 국경 밖에서 '진짜' 청춘을 낚아라

20년 후의 당신은
했던 일보다 하지 않았던 일로 인해 더 실망할 것이다.
그러니 돛줄을 던져라. 안전한 항구를 떠나 항해하라.
당신의 돛에 무역풍을 가득 담아라. 탐험하라, 꿈꾸라, 발견하라!

_마크 트웨인Mark Twain, 미국 소설가

인도네시아의 수도 자카르타에 출장을 가서 우연히 한국 청년을 만난 적이 있다. 우리는 한눈에 동포임을 알아보고는 반가워서 금방 말을 텄다. 얘기를 나누며 그가 인도네시아로 온 사연도 듣게 되었다. 몇 년 전 자원봉사를 하러 잠시 온 자카르타에서 인상적인 자극을 받고 다시 찾게 되었다는 것이다. 그는 운명처럼 그곳에 정착해 한국어를 가르치며 한국산 제품을 수입·유통하는 일을 하고 있다.

"처음 이곳을 찾은 계기는 자원봉사였지만 오히려 제가 더 많은 것들을 받았죠. 우물 안 개구리에서 벗어날 기회를 이곳이 주었으니까 말입니다. 이곳에서는 누구에게나 동등한 기회가 주어지는 것 같아요. 일단 외국에 나오면 배경이나 학벌 같은 건 중요시되지 않으니 다들 같은 조건에서 시작하게 되죠. 한마디로 외국에서의 삶은 자기 하기 나름인 것 같습니다. 이미 무한 경쟁으로 들끓고 있는 한국에 비하면, 이곳에는 가능성이 넘쳐흘러요. 그래서인지 작은 성취에도 크게 기뻐하는 여유가 생기는 것 같아요. 그렇게 조금조금씩 성취해나가며 살고 있는 지금의 생활에 저는 아주 만족합니다.”

그의 말 한마디, 한마디는 가슴속 깊이 울림을 주었다.


아시아를 다니다 보면 그와 같은 사례를 가진 친구를 많이 만난다. 우연한 기회에 이국땅에 발을 들였다가 그 짧은 인연이 운명이 되어 아예 정착해서 사는 것이다.

부지런한 한국인은 어디서든 잘 정착하고 산다. 이민이라고 해서 꼭 많은 돈이 필요한 선진국으로 떠나야 한다는 법은 없다. 경제 수준이 다소 미흡하더라도, 아니 오히려 그렇기 때문에 성취의 가능성이 훨씬 더 많은 곳이야말로 젊은이들이 도전해볼 만한 곳이다. 뉴질랜드처럼 안정된 국가임에도 젊은이의 일자리가 없어 ‘은퇴 이민’이라는 말까지 생겨난 곳보다는 기회가 무궁무진한 개발도상국이나 저개발국을 찾아 나서기를 권한다. 무엇으로도 살 수 없는 최고의 무기, ‘젊음’은 그 기회를 성취로 이끌 만한 잠재력을 충분히 갖고 있기 때문이다.

사실상 사회에 완전히 안착하지 못한 젊은이들이 안정을 바라는 것은 무리다. 또 젊은 시기에 안정적이기만 한 삶을 누리는 것이야말로 그들에게는 '사망 선고'나 다름없다. 끊임없이 움직이는 역동성이야말로 청춘의 힘이자 상징이 아니겠는가. 그 힘을 믿고 기회가 살아 숨 쉬는 땅을 찾아가보라. 아마 엄청난 에너지가 뿜어져나올 것이다. 지금 아시아는 청춘의 열기와 꿈으로 부글부글 끓고 있다. 그러므로 나에게 '아시아'와 '청춘'은 동의어에 가깝다. 유럽이 안정된 안락을 추구하는 '노년'과 동의어라면 말이다.

이와 같은 내 권유에 주저하는 젊은이들이 많이 있다. 아시아에 대한 선입견을 아직 완전히 버리지 못했기 때문이다. 그러나 우리는 서구에 비해 경제 수준이 뒤처진 면이 아닌, 아시아만의 역동성과 활기에 집중해야 한다. 혼돈과 질서가 한 방향으로 모여 엄청난 에너지를 발휘하는 면을 말이다.

'10년이면 강산도 변한다'는 말은 이제 아시아에선 옛말이 되었다. 발전 속도가 어느 나라보다 급격한 베트남, 인도 등은 말할 것도 없고, '세계 최빈국'이라는 오명을 뒤집어쓴 나라 라오스나 방글라데시도 '1년이면 강산도 변한다'라는 말이 맞게끔 빠르게 변화하고 있다. 이들 지역은 1년도 채 안 되는 시간 만에 초대형 건물들이 새로 들어서고 허름하고 낡은 주택 단지가 최신형 아파트 단지로 바뀌는 등 그야말로 상전벽해桑田碧海의 현장이 벌어지고 있다.

상하이도 이곳들 못지않게 변화무쌍하다. '수개월이면 강산이 변한다'는 말이 나올 정도다. 이런 역동성 넘치는 나라야말로 젊은이들에게는 기회의 장이다. 이미 완벽히 갈고닦인 곳에서 자리 잡기가 얼마나 힘든지를 생각해보라. 오히려 발전을 향해 나아가는 곳에서 함께 성장하는 것이 더 유리하고 또 의미 있지 않을까?

2011년 2월에 갔던 캄보디아 또한 놀랄 만큼 빠른 속도로 변화하고 있었다. 불과 몇 년 전 그곳을 찾았을 때만 해도 10층짜리 이상의 건물은 찾아보기도 힘들 정도였는데 말이다. 한국에서는 무척 흔한 에스컬레이터가 건물 시공에 도입된 것도 불과 수년 전 일이었다. 당시 그 건물 주변은 연일 사람들로 북새통을 이루었다. '신통방통한 물건'을 보기 위해 여기저기서 몰려든 것이었다. 그랬던 캄보디아에도 이제는 고층 건물이 속속 들어서고 있다.


"한국에서는 아직도 저에게 묻습니다 '도대체 언제 안정을 취할 거냐'고 말이죠. 하지만 스트레스받고 눈치 보며 하루하루를 정신없이 보내는 것이 그들이 말하는 '안정'이라면, 저는 그 안정을 누리고 싶지 않아요."

캄보디아의 수도 프놈펜에 위치한 한국 식당에서 매니저로 일하고 있는 친구의 말이다. 그는 외국 진출을 전혀 고려하지 않다가 어느 날 갑자기 캄보디아에 온 지 3년이 되었다고 했다. 처음에는 날씨도 너무 덥고 사람들과 말도 통하지 않는 등 모든 것이 낯설어 포기하고 한국으로 돌아가고 싶었지만 적응한 후로는 참 잘한 결정이었다고 생각했다고 한다.

"돌이켜보면 한국에서 살 땐 그저 바쁘기만 했던 것 같아요. 어떤 생각을 깊이 그리고 오래 하고 있을 여유도 없었죠. 이곳에서 생활하다 보니, 그때 내가 왜 그렇게 살았나 싶더라고요. 그때 내 삶은 온전한 '나의 삶'이 아니었습니다."

그는 여기에 덧붙여 자기 또래의 사람들이 '눈을 뜨게끔' 해달라고 말했다. '더 큰 기회의 땅은 한국 밖에 있다'는 것을 알려주라는 것이었다. 이미 청춘의 시기가 지난 내 눈에도 그의 청춘은 마냥 부러워 보였다.


긍정적인 변화건 부정적인 변화건, 변화는 곧 힘과 동력의 산물이다. 힘을 내서 움직이지 않는 한 어떤 변화도 불가능하기 때문이다. 무한 경쟁의 사회 속에서 지쳐 있는가? 자신의 재능을 백 퍼센트 살려 일하고 싶은가? 평범하고 초라한 자신이 한심하게 느껴지는가? 그렇다면 아시아로 고개를 돌려보자. 그동안 갈고닦은 스펙을 아시아에서 발휘해보라.

한국의 청년들은 다재다능한 데다 적극적이다. 무한한 가능성을 지닌 그대가 해내지 못할 일은 없다. 군중 속의 한 명으로 무기력하게 살기보다는 창의력 넘치는 문제아가 되라. 시간이 느리게 흘러가는 배부른 나라를 동경하기보다는 가난하지만 에너지 넘치는 열정의 나라로 떠나보라. 그대의 선배들이 곳곳에 자리 잡고 있으니 도움받을 사람은 생각보다 많을 것이다.

해외에 나가는 방법은 결코 어렵지 않다. 지금 당장 중앙정부나 지방자치단체 혹은 학교나 다양한 단체들이 제공하는 지원책을 찾아보자. 외국어 능력이 어느 정도 있으면 좋겠지만 필수 요소는 아니다. 그보다는 적극적이고도 성실한 자세가 훨씬 중요하다.

20대는 그대의 가슴을 더 뛰게 하는 무대를 찾아 열렬히 고민하고 탐색해야 하는 시기다. 지금껏 그대의 기를 죽였던 기존의 질서에 반기를 들어라. 학벌, 배경, 외모 등 가진 것이 부족하다고 해서 남은 인생을 패배자로 살 이유는 없다. 국경 밖의 유연한 틀 속에서 그대의 가능성을 펼쳐나가라.

# 21세기는 아시아 전문가를 원한다

다른 사람이 가져오는 변화나 더 좋은 시기를
기다리기만 한다면 결국 변화는 오지 않을 것이다.
우리 자신이 바로 우리가 기다리던 사람들이다.
우리 자신이 바로 우리가 찾는 변화다.
_버락 오바마Barack Obama, 미국 최초의 흑인 대통령

탁월한 통찰력을 지닌 미래학의 대가이자 유럽의 대표적인 지성으로 손꼽히는 자크 아탈리 플래닛 파이낸스 회장은 향후 10년간 전 세계의 권력 구도가 아시아로 옮겨질 거라고 말했다. 그는 "아시아 지역은 아직까지 내부 문제가 적지 않지만 양적인 측면에서는 이미 서구사회를 초과했고, 질적인 측면에서도 급속히 미국을 따라잡고 있다"고 말하며 "성숙한 시민의식과 고효율의 노동 문화가 정착되면 더욱 막강한 영향력을 지닐 것"이라고 조망했다.

한편 현대경제연구원은 2011년 1월 9일 '글로벌 2020 트렌드'라는 보고에서 2020년쯤이면 한·중·일 3개국이 세계 최대 경제권으

로 떠오를 것이라고 밝혔다. 2020년경이면 정치·외교 분야에서 한·중·일 3개국이 세계를 주도하는 동북아 전성기를 이끄는 시대가 온다는 것이다. 이들 3개국이 경제 통합으로 지역공동체를 만들어 세계 경제 성장을 주도해 국내총생산(GDP)을 합치면, 유럽은 물론 미국도 제치게 되고 세계 자본시장에서 가장 큰 비중을 차지하게 된다. 또 자유무역협정(FTA)으로 동북아 역내 무역이 3개국 전체 무역에서 70%를 차지하면서 세계에서 가장 영향력이 큰 경제권이 형성되고 동북아로 전 세계 유학생 15%가 몰릴 것이다. 호주와 뉴질랜드를 포함한 아시아 경제 규모가 5년 안에 구매력평가(PPP) 기준으로 약 50% 정도 더 증가하고, 2030년에는 아시아의 1인당 국내총생산이 G7을 능가할 것이라는 것이다. 이처럼 아시아 지역이야말로 떠오르는 신개척지다.

따라서 젊은 세대는 반드시 중국과 일본을 잘 알아야 한다. 서구인들은 전 세계에서 가장 빠르게 성장하고 있는 중국이라는 나라 옆에 또 다른 주요 경제국 한국과 일본이 있다는 것에 주목하고 있다. 실제로 요즘 유럽권에서는 아시아에 대한 관심이 아주 높아졌다. 내가 맡은 한·중·일 비교 강의는 항상 수강생이 넘친다. 국민총생산 측면에서 볼 때도, 한·중·일 3개국의 경제 규모는 이미 9조 달러를 넘어 세계 전체의 16%를 차지하고 있으며, 무역 규모 또한 세계 전체의 15%를 점하고 있다. 이 가운데 한·중·일 3국 간의 역내 거래 비율은 이미 25%를 넘어섰다. 그러니 이제는 우리 사회 깊이 뿌리

내린 서구 중심의 세계관을 달리 가질 필요가 있다.

한국인은 여러 측면에서 한·중·일 전문가가 되기에 매우 유리한 입장이다. 우선 지정학적인 면에서 그렇다. 중국 대륙과 일본 열도 사이에 위치한 국가로서 양국을 중계하고 조율하기가 상대적으로 용이하기 때문이다.

한국인들의 일반적 기질은 중국인과 일본인의 중간 정도인 편이다. 중국인에 비해 꼼꼼하고 섬세한 반면 일본인보다는 호탕하고 진취적인 면이 많은 것이다. 이와 같은 한국인의 중성적인 기질 또한 한·중·일 전문가가 되기 좋은 요소로 작용할 수 있다. 중국과 일본 양국을 보다 효율적으로 파악하고 다가가기 유리하기 때문이다.

한편 중국과 일본 간의 부정적인 감정 또한 한국이 주도권을 가질 기회가 될 수 있다. 고대시대부터 대립 관계에 놓여온 양국은 현대에 이르러 중국 대륙 침략 등의 사건으로 더 악화되었다. 양국의 국력 차이 때문에 20세기에는 이런 감정 대립이 겉으로 드러나지 않았지만 중국이 급격히 부상하면서 그동안 표면화되지 않았던 앙금이 수면 위로 떠올랐다. 한편 이들 양국 모두 한국에 대해서는 특별한 경계심이나 적개심이 없다. 또한 양국 간의 관계가 더 나빠질수록 한국에 더 우호적인 입장을 취할 것이다. 이처럼 한국이 가진 유리한 입장을 잘 이용한다면 우리에게 주어진 기회를 극대화할 수 있다.

살펴본 바와 같이 한·중·일 전문가로 거듭나는 데 한국인은 매우 유리한 입장에 놓여 있으므로 중국과 일본이라는 거대한 시장에 보다 적극적으로 뛰어들 가치가 있다. 아시아 내에서 이들 세 나라가 가진 위상과 영향력을 고려한다면, 적어도 동아시아를 망라하는 아시아 전문가로 거듭날 수 있을 것이다.

각국 국민의 전반적인 특성을 이해하는 것부터 시작해 동아시아에 대한 가벼운 책을 읽기 시작한다면 아시아를 이해하는 데 많은 도움이 될 것이다. 이러한 공부를 2~3년 꾸준히 하다 보면 다가올 한·중·일 중심의 아시아 시대를 확실히 대비할 수 있고, 나아가 무역 전문가, 물류 전문가 등 다양한 아시아 전문가의 길로 성큼 다가설 수도 있다.

한국과 중국, 일본에서 모두 살아본 경험이 있는 나는 우리 젊은 이들이 아시아에 대한 더 깊은 통찰을 갖길 바란다. 아시아가 다시 역사의 중심에 서서, 한국 청년들이 글로벌 무대의 주역으로 승승장구할 날이 오기를 기대하기 때문이다.

# 기회의 땅, 중국을 파헤쳐라



광활한 영토에 13억 인구가 모인 중국이라는 나라를 통치하기란 쉽지 않을 것이다. '가지 많은 나무에 바람 잘 날 없다'는 말이 있듯이, 그 위풍당당함을 부러워하는 사람도 있지만 이면에는 '초고도 비만중 환자의 합병증'이라는 그들만의 고민도 축적되어 있다. 중국의 이러한 폐해와 성장통을 잘 파악한다면 한·중의 윈윈 관계에서 우리가 주도권을 쥘 수 있을 것이다. 또한 청년들이 기회의 바다인 중국에서 열정과 포부를 마음껏 펼칠 수 있는 마당도 마련될 것이다. 어차피 경제적으로나 정치적으로 피할 수 없는 인연이 아닌가.

　지난 30년간의 여정을 살펴보면 중국이 이른바 '포스트 미국'으로 주목받을 이유는 충분해 보인다. 1978년 12월 중국 공산당 11기 중앙위원회 제3차 전체 회의를 통해 실시된 덩샤오핑의 '흑묘백묘론黑猫白猫論'의 결과는, 세계적인 석학자 제프리 삭스의 "중국은 역사상 가장 성공적인 경제 성장 사례"라는 언급이 과찬이 아닐 정도로 놀랍기만 하다.

　30년간 연 평균 9.8%의 기록적인 성장을 유지하면서 중국의 경제 규모는 8년마다 두 배씩 증가했고, 이를 통해 4억여 명의 중국인이 빈곤에서 해방되었다. 그뿐만이 아니다. 현재 상하이의 푸동 지구는 런던의 신흥 금융지구인 커네어리 워프Canary Wharf의 여덟 배 규모에 달할 정도로 성장했으며 전 세계에서 가장 빠르게 성장 중인 20여 개의 도시가 모두 중국에 있을 만큼 중국의 경제 성장은 눈부시다 못해 경이로울 정도다.

　실제로 중국에게 지난 개혁개방의 역사는 희망으로 부푼 시기였다. 1949년 신중국 건국 이후의 혼돈기를 거쳐 1979년부터 본격 시작된 개혁개방은 1인당 국내총생산을 397위안에서 1만 8,665위안으로 47배나 급증시켰으며 대외무역은 105.5배, 공업 생산 또한 25.3배나 성장시켰다. 이를 통해 세계 경제에서 중국이 차지하는 비중은 7%로 부상했으며 중국은 명실상부 미국 다음으로 중요한 국가로 발돋움했다.

한편 그에 따른 후유증도 남아 있다. '부자 될 수 있는 사람이 먼저 부자가 되라'는 개혁개방의 선부론(先富論, 일부가 먼저 부유해진 뒤 이를 확산한다는 이론)은 극심한 빈부 격차와 함께 '오직 돈을 향한 돌진'이라는 지독한 배금주의와 이기주의 현상 등을 초래했다. 화려한 외형 뒤에 감추어진 이면을 살펴보면 개발도상국가인 중국이 가야 할 길은 여전히 멀고 험난해 보인다. 펄벅의《대지》에서도 묘사되었던 "몸부림쳐지도록 가난한 농경사회, 홍수와 역병" 등을 먼 과거의 이야기로만 치부할 수 있는 상황이 아니기 때문이다.

2011년 초 한국의 한 언론이 주관한 여론 조사에 따르면 한국인 열 명 중 네 명 정도가 향후 관계를 더 긴밀히 맺어야 할 국가로 중국을 꼽았다고 한다. 지금도 엄청난 수의 유학생과 비즈니스맨들이 중국 대륙을 누비고 있다. 그들에게 권하고 싶은 것은 중국과 중국 문화, 중국인에 대한 지식을 보다 정확히 익히라는 것이다. 특히 젊은 세대들이 중국을 올바로 이해하는 것은 상당히 중요하다. 물론 언론에 보도된 대로 '짝퉁'이 범람하며 장기 매매가 횡행하고 '음식 갖고 장난치는' 과거적이고 후진적인 모습이 중국에 있는 것은 사실이다. 하지만 중국이 미국을 뒤이은 세계 2위의 경제 대국이라는 사실을 간과해서는 안 된다. 19세기와 21세기가 공존하는 나라임을 주목해야 한다는 것이다.

21세기에 중국을 공부한다는 것은 선택이 아니라 필수 사항이라고 말하고 싶다. 전설적인 투자가 짐 로저스가 딸에게 중국어 가정교사를 붙이는 이유가 무엇이겠는가. 가장 간단한 중국어 공부라도 시작한다면 언젠가 반드시 사용할 기회가 있으리라 장담한다.

# 때로는 돌아가는 길이 지름길보다 빠르다

모든 성공은 더 어려운 문제로 가는
입장권을 사는 것일 뿐이다.

_헨리 키신저Henry Kissinger, 독일 정치인


해외에 나가서 생활하다 보면 기업의 주재원이라 불리는 사람들을 많이 볼 수 있다. 일단 주재원으로 선발되어 파견되면 소속 직장으로부터 남부럽지 않은 대우를 받게 된다. 그렇다면 해외 파견의 꽃으로 불리는 주재원으로의 길이 멀고 험난하기만 할까? 결론부터 얘기하자면 반드시 그렇지만도 않다. 이번에는 글로벌 해외 비즈니스 현장에서 활약하며 선망의 대상이 되고 있는 해외 주재원에 대한 가능성에 대해 들려주고자 한다.

일반적으로 주재원들은 (각 기업마다 정도의 차이는 있겠지만) 해외 근무 기간 동안 다양한 특전을 받는다. 먼저 보수의 경우 해외에서 근

무하는 동안에도 한국 본사로부터 기존의 월급을 그대로 지급받는다. 그 외에도 '해외체재비' 항목으로 해외 생활비, 주택 임대료, 가족 수당비, 자녀 교육비 등 해외 생활에 필요한 대부분의 경비를 별도로 지급받는다. 이런 다양한 혜택이 있다 보니 해외 주재원은 대부분의 직장인들이 선망하는 지위다.

하지만 이토록 좋은 대우를 받으며 일하는 주재원으로서의 활동은 본인의 포부에 못 미치는 경우가 많다. 현지에서 주재원이 하는 활동은 여러 가지 현실적인 제약에 의해 대개 기대와 다르기 때문이다. 주재원들의 정형화된 파견 생활에 대해 알아보면 그 이유를 대략적으로나마 파악할 수 있다.

주재원들은 대개 3~4년 정도의 임기로 파견을 나오는 것이 일반적이다. 때문에 이들의 현지 생활은 시기에 따라 같은 패턴을 반복한다. 1년차 때는 우선 현지 사정에 적응하느라 분주하게 보내게 된다. 주재원 가운데 중국과 관련된 전공자가 더 적은 것이 현실이므로 무엇보다 먼저 현지 생활에 익숙해지지 않으면 업무 자체도 수월하게 진행할 수가 없다. 그러다 어느 정도 적응기를 거친 2년차에 접어들면 현지 직원과의 서로 다른 문화와 관습, 기업 문화 등에서 비롯되는 오해와 마찰이 빚어지게 마련이다. 이 과정에서 대부분의 주재원들은 강도 높은 스트레스에 시달린다. 대개 주재원들은 한국 본사에서 유능함을 인정받고 발탁된 인재인데, 그런 우수한 인재들이 자신의 능력 발휘는 고사하고 현지 직원들을 다루는 데 안간힘을 써야 하는 것이다. 경우에 따라서는 현지 직원들과의 마찰과 대립 때문에 일에 몰두하지 못하고 시간을 낭비하기도 한다.

이런 실정이니 부임하며 품었던 '중국 시장을 제패하겠다'는 포부는 현실의 벽에 부딪히고, 이런 사정을 모르는 본사의 압박에 패닉 상태에 빠지기도 한다.

이 같은 우여곡절 속에서 점차 안정을 찾아갈 즈음에는 현지 생활에도 익숙해지고 현지 직원들과의 소모적인 마찰을 피하는 노하우도 나름대로 터득하게 된다. 안타까운 것은 이렇게 안정을 찾고 3년 차에 이르면 곧 귀국을 준비해야 한다는 것이다. 아무래도 소속처는 한국 본사이므로 귀국 후의 입지에 신경 쓸 수밖에 없기 때문이다. 그렇게 귀국 발령을 받아 돌아가면 다시 후임이 오고, 넘치는 포부와 자신감을 가진 후임은 선임의 전철을 거의 그대로 밟게 된다. 한국에서 인정받은 능력과 업무 방식 등 모든 것이 다른 외국에서는 자신의 실력을 100% 실적으로 남기기가 쉽지 않기 때문이다. 이렇듯 '다람쥐 쳇바퀴 돌 듯 하는' 현상이 끊이지 않고 반복된다.

주재원들의 이와 같은 현실은 어제오늘 일이 아니다. 한국계 기업들은 벌써 수십 년 전부터 해외로 진출하여 주재원들을 파견해왔기 때문에 대부분의 기업은 이런 문제를 어느 정도 인식하고 있다. 하지만 여러 환경적 요인으로 인해 개선되지 않고 그대로 반복되고 있다. 이런 소모적인 문제를 줄이기 위해서라도 기업들은 파견 주재원과는 다른 시스템의 해외 현지 채용에 점차 주목하게 된다. 어쨌든 외국에서는 본국에서 바삐 근무하다 갑작스레 발령받고 나온 주재원들보다 현지 언어에 더 익숙할 뿐 아니라 문화와 관습, 상거래 및 비즈니스 문화 등에도 능통한 인재를 필요로 하기 때문이다.

내가 아는 B군은 중국으로 진출한 한국의 대기업에 다니고 있다. 벌써 4년차인 그는 이제는 직장 내에서 없어서는 안 될 핵심 인재로서 분주하게 생활하고 있다.

그는 원래 대기업 입사를 꿈꿨는데 면접 기회마저 받지 못해 방황의 시기만 이어졌다. 중국어를 전공하긴 했지만 그렇다고 중국어 능력이 대단히 뛰어난 것도 아니었고, 명문대 출신도 아니었다. 결국 한국에서 대기업에 입사하는 것을 포기하고 지푸라기라도 잡는 심정으로 멀리 중국까지 오게 되었다.

중국에 와서 보니 한국에서의 거듭된 낙방은 오히려 기회였다는 것을 B군은 알게 되었다. 내가 추천해준 중국 현지의 한국 대기업 계열사에 당당히 합격한 것이다. 그렇게 비록 멀리 돌아왔지만 제대로 된 길에 들어서서 부지런히 일했다.

그러던 어느 날 그가 갑자기 전화를 걸어 반가운 소식을 전해왔다. 회사에서 그에게 주재원 대우를 해주겠다고 약속했다는 것이다. 입사 당시 그의 대우 조건은 현지 채용 수준이었으므로 주재원이 받는 대우에 비하면 훨씬 낮았다. 그랬던 그가 입사한 지 2년 만에 주재원으로 승진할 수 있었던 가장 큰 이유는 그의 성실한 업무 태도였다. 이제 B군은 후임을 이끌어주는 멋진 선배로 성장하고 있다.

또 다른 사례가 있다. S군은 방글라데시로 진출한 한국 대기업의 해외 주재원으로 근무하고 있었다. 나는 S군을 방글라데시 출신의 한 친구 소개로 알게 되었는데, 그 친구는 틈만 나면 S군의 칭찬을 했다. 성실한 데다 벵골어(방글라데시어)도 잘하고 주위 사람들과의 친화력도 높다는 것이었다. 친구의 말대로 S군은 과연 나를 실망시키지 않았다. 그는 자신의 해외 진출담을 들려주며 나를 감동시켰다.

"한국에 있을 때는 입사 지원서를 넣어도 매번 실패했죠. 비참하고 암담한 심정에 빠진 전 어디로든 떠나고 싶었어요. 하지만 수중에 돈은 없으니 물가가 싼 나라를 골라서 잠깐 여행이라도 하기로 했고, 그래서 찾은 곳이 이곳이었어요. 지금은 물론 안정되게 살고 있습니다. 방글라데시는 대외적으로는 세계 최빈국의 나라지만, 세계 각국을 대상으로 한 행복도 조사에서 매번 높은 점수를 받는 나라이기도 하죠. 게다가 인구도 거의 2억 명에 육박하기 때문에 앞으로의 가능성도 큰 나라입니다."

온갖 실패를 겪고 한국을 떠난 그는 홀가분한 마음으로 방글라데시의 이곳저곳을 부지런히 구경하고 다녔다. 한국에서의 암울한 기억을 잊기 위해서도, 비참한 심경을 추스르기 위해서도 다른 관심거리가 필요했던 것이다. 그렇게 하루 이틀이 지나면서 '콧수염이 길고 무뚝뚝하기만 했던' 현지인의 부담스러운 모습이 점차 친숙하게 다가왔고, 어느덧 그들의 순박한 미소와 순수함, 친절에 반하게 되었다. 이참에 그는 현지어인 벵갈어도 더 적극적으로 배우기 시작했고 현지인과 더 자주 어울려 지냈다. 그러던 중 현지에 진출한 한국 기업으로부터 가이드로 잠시 일해달라는 제안을 받게 되었고, 나름 열정적으로 임한 결과 한국 대기업에서 채용하겠다는 제안을 받았다. 그 후 3년 정도가 지나자 본사에서는 '이제부터 아예 회사 일에만 전념해달라'며 주재원 신분으로 특별 채용을 했다.

이 둘은 한국에 있을 때는 능력을 발휘할 기회조차 얻지 못한 사람들이었다. 그렇게 몇 년에 걸쳐 실패를 거듭했지만 외국에 와서 비로소 제대로 된 기회를 잡고 자신들만의 길을 찾았다. 청년 실업자로 비참하게 살았던 과거의 기억은 이제 그들에게 한낱 추억이 되었다.

"한국을 떠날 당시 전 그저 제 처지가 비참하기만 했습니다. 여기서 이런 행운을 거머쥘 거라곤 생각지도 못했죠."

"인생에서 길이 하나만 있는 것은 아닌 것 같아요. 단지 우리가 못 알아챌 뿐이죠. 하고자 하는 열의만 있으면 길은 어디에든 있는 것 같아요."

목표를 향해 앞만 보고 전력 질주 하는 것만이 최선은 아니다. 때로는 우회하는 길도 있는 것이다. 대기업에 입사하는 것도 쉽지 않은데, 하물며 한국 대기업의 현지 주재원이 되는 것은 얼마나 어려운 일이겠는가. 하지만 우회해서 간 길이 앞서 소개한 이들에게는 오히려 지름길이 되었다.

중요한 것은 자신에게 찾아온 기회를 놓치지 않도록 항상 주위를 둘러보며 체크하는 자세다. 그러려면 정해진 목표만 보고 오직 그것만을 향해 달리는 것이 최선이라는 고지식한 사고부터 버릴 필요가 있다. 이제부터라도 더 다양한 길을 찾고 연구해보자. 비록 외국에서 좌충우돌하는 고생을 하더라도 그 풍부한 경험을 밑천 삼아 꾸준히 전진하면 얼마든지 더 멋진 성공을 누릴 수 있다. 다시 한 번 강조하지만 아시아는 기회의 땅이다. 한국에서의 무한 경쟁에 지쳐서 포기하고 타협하는 삶을 살 바에는 차라리 더 다양한 방법을 찾는 편이 낫지 않을까? 때로는 돌아가는 길이 지름길이 될 수도 있다는 것은 나를 비롯한 수많은 인생 선배들이 입증한 사실이다.

# 해외로 진출한 한국 기업의 문을 두드려라



글로벌 시대를 맞이하여 해외로 진출하는 한국 기업이 매년 급증하고 있다. 따라서 해외로 진출한 한국 기업들에 입사할 기회도 대폭 늘었다. 특히 중국은 전 세계 기업들의 블랙홀과도 같은 역할을 하며 한국 기업을 포함한 전 세계 기업들을 불러들이고 있다. 그에 따라 구인 수요 역시 대폭 늘어났다. 그런데 의외로 중국인, 특히 중국 청년들의 취업난은 매우 심각하다. 중국의 대학 진학률은 아직 25% 정도에 불과하다. 때문에 중국의 대학생은 '선택받은' 엘리트들이라 할 수 있는데, 그들조차 대학 졸업과 동시에 약 3분의 1 정도가 실업자 신세로 전락한다.

이런 면에서 중국의 현실은 어쩌면 한국보다 훨씬 심각하다고 할 수 있다. 기업 수는 계속 증가하는데 취업난이 극심하다는 이 의아한 현상은 중국 정부의 큰 고민이자 풀어야 할 과제이기도 하다. 전 세계 기업들이 몰려들어 일자리는 늘었지만 그에 비해 구직자는 훨씬 더 많고, 설상가상으로 '잉여 인력'은 계속해서 늘어가 중국의 청년실업은 날이 갈수록 심해져간다.

하지만 이것은 현지 중국인들의 상황일 뿐이다. 즉 중국에 간 한국인의 상황은 전혀 다르다. 한국인은 중국 내의 '잉여 인력'에 포함되지 않기 때문이다. 역량과 자질이 넘치는 한국인을 필요로 하는 기업들에 비해 중국 현지의 우수한 한국인 인재는 아직도 부족하다. 한국과의 비즈니스를 담당할 한국인 인재를 원하는 기업은 지금도 계속 증가하고 있다. 중국에 진출한 한국 기업들 역시 인재난을 겪고 있다. 이들 한국 기업은 관습과 문화, 언어가 같은 한국인 인재를 만나면 온갖 정성을 들여 채용하려고 한다.

이런 실정이니 나에게는 하루가 멀다 하고 한국 청년을 추천해달라는 요청이 들어온다. 문화와 관습이 달라 부하 직원들과의 교류가 쉽지 않은 그들에게는 이런 문제를 중간에서 잘 조율할 수 있는 한국인이 절실한 것이다. 아무래도 같은 한국인이니 한국의 기업 문화에 대한 적응 기간도 빠를 것이라 보는 그들은 입사만 해주면 최고의 대우를 해주겠다는 약속도 서슴지 않는다. 내가 이곳에서 중국 현지 채용 전문가 역할을 한 지 벌써 7년이 넘었는데, 해를 더할수록 이러한 구인 의뢰 횟수는 점점 늘어간다. 우수한 인재를 채용하고자 하는 기업들의 절박함 또한 갈수록 커져가는 것 같다. 그만큼 현지의 한국 기업에 걸맞은 인재를 채용하기가 힘들다는 뜻이리라.

중국 진출 한국 기업의 경우 대부분이 다음과 같은 과정을 반복한다. 일단 처음에는 조선족이나 한족(중국의 주류 민족)을 채용한다. 중국인인 만큼 중국의 전반적인 사정에도 밝고 인건비가 저렴하기 때문이다. 하지만 얻는 것이 있으면 잃는 것도 따르는 법, 중국 인재들은 한국과 너무나도 다른 문화 관습을 지니고 있어 그들과 제대로 된 커뮤니케이션을 하고 팀워크를 이루기란 그야말로 하늘의 별 따기다. 게다가 사회주의 습성이 깊이 배어 있는 이들로부터 능동적이고 적극적인 태도, 책임감과 성실성 등을 기대하기가 어렵다. 필요하다면 철야도 불사하는 한국인과 달리 그들은 약간의 초과 근무도 허용치 않는다. 그렇다 보니 전 세계에서 몰려든 경쟁 기업들과의 치열한 각축전은 고사하고 기업 내부의 인사 문제 등에만 골몰하게 된다. 집안이 편해야 바깥일도 잘된다는 말이 있듯, 내부 상황이 이처럼 삐걱대니 제아무리 유능한 경영자도 능력을 제대로 발휘하지 못하게 된다. 이 같은 상황을 몇 번인가 되풀이하면서 한국 기업들은 비로소 인건비를 좀 더 들여 한국인 인재를 써야겠다고 결심한다. 이런 패턴은 이미 수많은 한국 기업들이 반복하고 있다.

나는 중국 현지 취업 희망자에게 되도록이면 한국계 기업에 입사하라고 권하는데, 그 이유는 다음과 같다.

우선 해외 생활에 적응하기가 훨씬 쉽다. 모든 것이 낯설고 불편한 외국계 기업에서는 아무래도 다른 문화에 적응하는 데 만만찮은 시간이 걸리고, 자칫 업무보다 그 문제에 더 많은 에너지를 쏟게 되는 '주객이 전도된' 직장 생활을 하기가 쉽다.

또한 향후의 승진이나 전직 등에서도 유리하다. 한국계 기업에서 이미 경험을 쌓은 인재들은 다른 한국계 기업은 물론이고 외국어 실력 여부에 따라 외국계 기업으로 진출할 가능성도 있다. 실제로 나는 이곳 인재들이 한국계 기업에서의 경력을 발판 삼아 훨씬 더 좋은 조건의 기업에 스카우트되는 경우를 적잖이 봐왔다.

이처럼 해외 직장 생활의 첫 단추를 한국계 기업에서 꿴다면 처음엔 생각지도 못했던 다양한 기회를 잡을 수 있을 것이다.

# 다국적 기업을 노려라



중국 경제의 무한한 가능성에 주목한 외국 기업들의 중국 진출이 매년 큰 폭으로 늘면서, 중국 현지 취업 지망생들도 늘어가는 실정이다. 이들이 가장 큰 '벽'으로 삼는 것이 있다면, 바로 언어다. 대개 중국에서 활동하려면 중국어 실력이 아주 유창해야 한다고 생각하는데, 사실은 그렇지만도 않다. 중국 현지에서 일하는 한국인에게 외국 기업이 바라는 것은 국내 업무가 아닌 한국을 비롯한 외국과의 업무다. 따라서 기본적인 의사소통이 가능한 수준이면 그다지 큰 문제가 되지 않는다.

한편, 중국 내 외국 기업들은 각기 다른 본국의 관습 및 문화와 성향 그리고 이러한 요소들이 반영된 독특한 기업 문화가 있다. 중국 기업의 경우를 살펴보면, 타국에 비해 인건비가 상대적으로 낮으므로 외국인 직원에 대한 대우 역시 낮은 편이다. 현지 한국 기업의 대졸 초임이 평균 8천 위안(한화로 약 140만 원) 안팎임에 비해 중국 기업의 초임은 (기업 및 인재의 개인적 역량에 따라 차이는 있으나) 대개 그 절반 정도인 3~4천 위안(한화로 약 53~70만 원)에 불과하다. 물론 이는 중국의 일반적인 물가나 현지인들의 생활을 고려하여 책정된 금액이다. 말하자면 한국 내에서 물가 등을 고려하여 받는 일반적인 초임과 비슷하다고 할 수 있는데, 이 정도 금액을 받으면서 현지의 한국인들은 한국에서보다 가격이 더 비싼 현지의 한식을 사 먹고 역시 더 비싼 국산 생활용품을 현지에서 구입하며 살아야 하므로 턱없이 낮은 임금이라 할 수 있다.

하지만 이 같은 부정적 측면만 있는 것은 아니다. 중국 기업에 취직하면 일상적으로 현지인을 상대하면서 뛰어난 중국어 실력을 다질 수 있고, 그들과의 생활 패턴을 익힘으로써 생활면에서 보다 빨리 현지화가 될 수 있다. 그러다 보면 중국 비즈니스 세계를 확실히 파악할 수 있어 후일에는 더 값진 자산이 되는 것이다. 중국계 기업에서의 근무 경험을 토대로 현지 생활에 잘 밀착된 인재는 스카우트 시기도 빠르다. 현재 이런 인재들의 수요는 점점 많아지는 추세이며 대우 또한 좋아지고 있다.

중국 기업들의 기업 문화는 미국과 유사한 점이 많아서 능력 있는 인재들은 개개인에 따라 충분히 대우한다. 따라서 중국 기업 입사는 초기에는 경제적으로 만족스럽지 않아 지칠 수 있지만 먼 미래를 바라보면 좋은 투자임에 틀림없다.

그렇다면 일본계 기업에는 어떤 장단점이 있는지 살펴보자. 일반적으로 한국인들은 일본의 기업 문화에 적응하는 것이 녹록지 않다. 한없이 꼼꼼하고 빈틈없는 일 처리에 숨이 막힐 지경이 되고, 한국계 기업에서처럼 주말이나 휴일에 출근하는 상사들을 모른 체하고 쉴 수도 없으니 말이다. 또 일반적으로 일본계 기업들은 '하이 리스크, 하이 리턴high risk, high return'의 개념이 통하지 않는다. 그들은 성장보다는 위험의 최소화에 역점을 두고 일한다. 바로 이러한 점 때문에도, 진취적이고 적극적이라 평가되는 한국인들에게 일본계 기업은 성향이 맞지 않을 수 있다.

하지만 이런 점들이 바로 일본계 기업의 장점이기도 하다. 고속 성장을 위주로 하는 한국 및 중국 기업들을 포함한 다른 외국계 기업들이 변화무쌍한 비즈니스 환경의 영향을 크게 받을 때도, 안정을 추구하는 일본 기업들은 기본이 탄탄한지라 그 영향을 상대적으로 적게 받는다. 실제로 2008년 경제 위기 당시만 해도 대거 철수했던 미국계 기업이나 한국계 기업과 달리 일본계 기업은 이들 경쟁 기업들이 철수하는 가운데에서 어부지리를 챙겼다. 따라서 일본계 기업에 입사하면 보다 안정된 환경 속에서 일할 수 있다. 또한 일본인 특유의 꼼꼼하고 치밀한 계획과 일 처리 등을 몸에 익힘으로써 자연히 한국인에게 부족한 점을 보완할 수 있기에 훗날 필요한 경쟁력을 훨씬 높일 수 있다.

이에 비해 미국계 기업을 비롯한 서구 선진국 기업들은 일반적으로 확실한 능력 위주다. 미국계 기업이 한국인을 채용하려는 본질적인 이유는 '한국 시장을 담당할 수 있다'는 점 때문이다. 또 기업의 입장에서는 직원이 이러한 역량을 갖춘 동시에 영어에도 능통하면 동북아 전체의 마케팅 전략에 매우 유용하므로 엘리트 직원으로 성장시킬 것이다. 미국계 기업이나 서구 선진국 기업들은 엘리트 직원들에 대한 대우에 전혀 인색하지 않다. 실제로 연령이나 직급 여하에 관계없이 제대로 된 실력만 발휘하면 두 배 이상의 대우를 해주기도 한다. 합리적인 사고방식을 가진 그들 입장에서는 한 사람이 몇 사람 몫의 능력을 발휘할 때 두세 배 정도의 대우를 해주는 것은 당연한 일인 것이다.

K군은 한국에서 대학을 졸업한 뒤, 직장 생활을 몇 년 하다가 중국에서의 기회에 눈뜨고 상하이로 오게 되었다. 취업 연수 프로그램에 처음 참가했을 당시 그는 서른한 살이라는 적지 않은 나이였다. 하지만 한국에서 소규모 무역회사에 다닌 덕에 영어와 일본어를 어느 정도 구사할 수 있었으므로 취업 가능성이 없는 것은 아니었다.

그의 영어 실력은 제법 유창한 편이었고 직장 생활 중 학원도 다니며 꾸준히 공부해온 덕에 일본어 실력 역시 일상 대화에 능숙한 수준이었다. 문제는 중국어였다. 당시 그의 중국어 실력은 이제 막 공부를 시작한 초보 학생 수준이었다.

그런데 놀랍게도, 해외 유학 경험이라고는 전혀 없는 그의 학습 진도는 유난히 빨랐다. 국내에서 제 나름대로 습득한 학습 노하우 덕이기도 했고 중국어 공부에 무섭게 몰입한 그의 생활 태도 때문이기도 했다. 그는 영어를 사용하는 중국 학생뿐 아니라 다른 외국인들을 만날 때도 영어나 일본어는 가급적 사용하지 않고 중국어만 사용했다. 그렇게 1년이 채 지나지 않았을 때 그의 중국어 실력은 놀랄 만큼 향상되어 있었다.

이때부터 그는 여러 다국적 기업에 입사 원서를 내기 시작했고 몇 군데를 골라 면접을 보더니, '미국계 기업이 제시한 대우가 가장 좋고, 또 한국과 중국, 일본을 모두 아울러 담당하는 업무도 마음에 든다'며 미국계 기업으로 입사했다. 이후 그는 한국 및 일본은 물론 미국 본사로 넘나들며 종횡무진 활약하고 있다.


이처럼 외국에서는 다른 무엇보다 실력 위주로 인재를 채용하고 평가한다. 배경이나 학벌 등은 뒷전이다. 어느 정도의 실력을 갖추면 한국계 기업뿐 아니라 다양한 외국계 기업이 손을 뻗어 기회를 준다. 설사 나중에 한국으로 다시 돌아온다고 하더라도, 외국계 기업에서의 경험은 국내에서 한층 더 높이 도약할 발판이 될 것이다.
실패와 위기를 극복할 용기만 있다면 얼마든지 노려볼 만한 기회가
아닌가.

# 글로벌 인재의 새로운 모델



다양한 사람들과의 교류를 좋아하는 나는 중국 상하이 한국 상회 부회장을 역임하며 한국 기업뿐만 아니라 외국 기업들을 만날 기회가 자주 생긴다. 한국 상회에서 내가 맡았던 분야는 '유학생 및 취업' 분과였는데, 그 덕에 중국 현지 취업에 대해 알릴 기회가 많아졌다. 또 일주일에 한두 번꼴로 나가는 기업체 특강이나 강연에서 현지 채용의 중요성 등에 대해 더 자세히 들려주고 적극적으로 권하고 있다. 이런 과정에서 중국에 진출한 기업들은 해외 현지 채용에 관한 다양한 정보를 알려주고 자신들이 절실히 필요로 하는 글로벌 인재상에 대해서도 이야기해준다.

자신의 꿈과 포부를 해외에서 더 크게 펼치려면 다음 몇 가지 조건이 필요하다.

먼저, 진출하고자 하는 나라의 언어 실력이다. 이렇게 말하면 대부분 그 실력이 어느 수준이어야 한다는 건지 감이 안 잡힐 것이다. 혹은 이 말을 듣자마자 '난 엄두도 못 내겠군'하고 지레 물러서는 사람도 많을 것이다. 주위에서 이런 친구들을 많이 보았는데, 볼 때마다 참으로 안타깝다. 앞에서도 밝혔듯이 기업들이 해외 취업자로부터 원하는 중국어 실력은 아주 높은 수준이 아니기 때문이다.

그렇다면 어느 정도의 실력을 원할까? 이것을 판가름하기가 참 애매모호하다 보니 토익이나 중국어 능력 시험(HSK) 같은 제도가 나왔지만, 사실 해외 기업들은 이 같은 시험 점수를 그다지 신용하지 않는다. 높은 점수를 받았음에도 정작 현장에서는 몇 마디의 대화조차 어려워하는 사람들이 많기 때문이다. 따라서 현지 기업들은 숫자에 불과한 시험 점수나 등급보다는 실전에서의 회화 실력이 얼마나 뛰어난지를 본다. 즉, 글로벌 현장에서는 일상적으로 필요한 일반적인 대화나 일상생활을 하는 데 큰 불편이 따르지 않을 정도의 실력 정도면 무난하다.

그렇다면 해당 비즈니스 분야의 전문 용어, 전문적인 표현 등에는 과연 얼마나 능통해야 할까? 결론부터 말하자면 이런 부분에 대해서는 일단 안심해도 좋다. 신입 직원을 채용할 때 전문 용어 구사 능력을 따지는 일은 전혀 없기 때문이다. 어차피 입사하고 나면 자연히 익히게 될 문제이므로 현장에 투입되는 데 큰 무리가 없는 정도의 일상 회화 정도만 보는 것이다.

J양은 한국에서 중어중국문학과를 졸업했다. 그녀의 중국어 실력은 재학 중 얼마나 열심히 공부했는지 단박에 알 수 있을 만큼 우수했다. 연수생 동기들 사이에서 단연 뛰어난 실력 덕에 그녀는 한국에서 온 기업들의 통역 일을 맡아 멋지게 수행하곤 했다.

하지만 그녀는 결국 자신이 원하던 기업에 취업하지 못했다. 그 기업이 인재 추천 요건으로 '수준급의 중국어 실력'을 요구했는데, 정작 그녀는 스스로의 중국어 실력에 대해 그다지 자신이 없었던 것이다. 기업들이 요구하는 '수준급의 실력'이라는 것도 사실은 기본기만 갖추고 있으면 충분하다고 몇 번이고 격려하고 설득했지만 웬일인지 자꾸 뒤로 물러서기만 했다.

결국 회사 측에서는 결정적으로 그녀의 태도를 문제 삼았다. J양의 중국어 실력과 차분하고 성실한 자세를 높이 샀던 기업은 그녀의 비관적이고 소극적인 자세에 실망하고 채용 의사를 바꾸었다. 어학 실력보다 당당함과 자신감이 결여된 태도가 장애로 작용했던 것이다.

J양의 경험이 말해주듯, 해외에서는 기본적인 어학 실력 이상으로 자신감 있는 태도가 필요하다.

현지 취업 지망생에게 요구되는 또 하나의 조건은 일하고자 하는 나라의 관습 및 문화에 대한 이해도다. 적어도 타국의 기업에서 일하려면 현지 직원들이나 비즈니스 거래처와의 교류에 윤활유와도 같은 역할을 할 수 있도록 준비해야 한다.

한국계 기업은 보통 해외 현지에 본사를 둔 순수 해외 한국계 기업과, 본사를 한국에 둔 해외 현지 법인으로 나뉘는데, 전자에 취업하는 경우 파견 나온 주재원 등이 존재하지 않으므로 해외 현지에서의 자신의 역할에만 충실하면 되는 반면 후자의 경우는 다르다. 즉 주재원이 있는 해외 현지 법인에 입사하면 주재원의 업무를 보조하는 일도 주요 업무 가운데 하나가 된다. 그리고 대부분의 대기업이나 중견 기업들은 주요 업무를 주재원이 담당하도록 한다. 아무래도 해외 현지 법인에서의 업무 또한 한국 본사 업무의 연장선상에서 이뤄지기 때문이다.

이로 인해 본국에서 능력을 인정받아 더 큰 임무를 부여받고 파견 나오는 주재원들 중에는, 해당 국가의 언어를 전공하지 않은 사람이 태반이다. 글로벌 경쟁에서 기업이 생존하고 또 지속적으로 발전해 나가기 위해서는 해당 언어 전공자만으로는 부족하기 때문이다. 실제로 중국으로 파견 나오는 주재원들 가운데는 중국어 비전공자가 전공자보다 더 많다. 따라서 이들이 국내에서의 업무 능력을 낯선 현지에서도 차질 없이 추진할 수 있도록 보완해줄 인력이 필요한 것이다.

비단 언어에 한해서뿐만 아니라 해당 국가의 문화 및 관습에 대해서도 주재원들에 비해 능통한 인재가 필요하고, 그렇기에 해외에서의 현지 채용 제도는 더 커질 전망이다.

이 외에도 적극적인 자세와 시키지 않은 일도 스스로 찾아서 하는 능동적인 자세가 필요하다. 이는 어느 직장에서나 필요로 하는 덕목이겠지만, 해외에서는 이런 자세가 특히 더 중시되는 것 같다.

그렇다면, 중국으로 가기 위해서는 중국어나 중국 관련 전공자만이 가능할까? 물론 아니다. 중국어나 중국과 관련된 전공자는 아무래도 비전공자에 비해 유리하겠지만, 실제로 비전공자도 활발히 진출하고 있다. 또 경우에 따라 중국어 전공자보다는 중국어 구사가 가능한 비전공자를 찾는 기업도 있다. 대학 졸업 전에도 해외로 나갈 기회가 적지 않은 요즘인 만큼, 현지에서 중국어 전공자 못지않게 실력을 갖출 수 있다는 것을 잘 알고 있기 때문이다.

대기업, 중소기업, 자영업 할 것 없이 기업의 핵심은 뛰어난 인재를 확보하는 것이다. 오죽하면 '인사가 만사'라는 말이 나왔겠는가. 인재난에 허덕이는 건 규모를 막론하고 모든 기업의 숙제인데, 이런 문제는 국내보다 해외에서 훨씬 크게 부각된다. 기업들의 활발한 해외 진출과 더불어 글로벌 현장에서의 인재난은 앞으로도 더더욱 심화될 것이다.

덧붙여, 해외 현지에서 입사할 경우 본국에서 파견 나온 주재원과는 달리 본인만 원하면 계속 해외에서 근무할 수 있다. 그렇게 체류 기간이 길어지면 길어질수록 내공 또한 계속 축적될 것이고, 이는 자신의 경쟁력을 더 강화하고 대우를 높일 계기가 될 것이다. 해외에서 일할 뜻이 있다면 지금부터 기회를 잘 찾아보기 바란다. 생각보다 기회의 문이 훨씬 넓다는 걸 알게 될 것이다.

# 청춘의 '큰 꿈'을 환영하는 나라

자신을 믿어라.
인생에서 최대의 성과와 기쁨을 수확하는 비결은
위험한 삶을 사는 데 있다.

_프레드리히 니체Friedrich Nietzsche, 독일 철학자


중국에는 취업의 기회만큼이나 창업의 기회도 많다. 2009년 기준 중국의 국내총생산은 5조 7,451억 3,000만 달러에 달했고 이로써 세계 2위의 경제대국으로 급부상했으나, 1인당 국민총생산은 4,283달러로 아직도 92위에 머물러 있다. 따라서 아직도 개발의 가능성이 엄청나다고 할 수 있다. 1인당 GNP가 아직 4,000달러 수준에 머물러 있다는 것은 앞으로 5,000~2만 달러대를 거치며 경제가 계속 발전해나갈 것임을 의미하고, 이때 각 경제 발전 단계마다 그에 걸맞은 새로운 산업군이 속속 등장해 기존의 1~3차 산업군과 더불어 취업과 창업 기회도 훨씬 많아질 것이다.

한편 상하이는 경제적인 측면에서 중국 전체 시장의 표본이라 할
수 있다. 중국의 소득 증가와 더불어 2~4급 도시 등의 소비 패턴 또
한 중국 경제를 선도하는 특급 도시인 상하이를 모방하게 될 것이
고, 이런 의미에서 상하이는 중국 소비 경제의 미래를 예측할 수 있
는 '미래 시장'이다. 상하이는 또 중국 소비자들에게 잘 맞는지의 여
부를 가늠할 수 있는 장소이기도 하다. 일단 상하이에서 성공적으로
데뷔한 제품은 다른 지역에서도 잘될 가능성이 높다. 이는 곧 중국
의 경제 발전과 더불어 상하이와 같은 특급 도시가 계속 생겨날 것
임을 암시한다. 그만큼 취업, 창업 기회가 늘어나는 것은 당연한 사
실이다.

실제로 과거에 중국으로 진출했던 외국 기업들은 대부분 대기업
위주였으나 현재는 중소기업이나 자영업도 적극적으로 진출하는 추
세다. 경제 발전이 이미 어느 정도 성숙한 단계로 접어들어 '대기업
을 만들겠다'는 큰 포부로 창업하는 것은 이제 비현실적인 일이 되
어버린 한국과 달리, 중국에는 아직 원대한 꿈을 실현시킬 만한 기
회의 여지가 많이 남아 있다.


중국은 1978년의 개혁개방과 더불어 황무지에 가까운 지역을 개
발하기 시작하여 근 30여 년 만에 급변했는데, 그나마 개발된 지역
도 일부에 불과하고 경제 발전의 성과가 중국 전역으로 확산되려면
아직도 적잖은 시간이 소요될 전망이다. 이처럼 앞으로 개발하고 성

장해나갈 여지가 무궁무진한 중국에서 '창대한 끝'을 향해 꿈을 펼쳐나가는 것도 좋은 선택일 것이다.

　그렇다면 창업을 할 때 고려해야 할 점으로는 무엇이 있을까? 다른 나라로 진출할 때도 마찬가지겠지만 철저한 사전 조사와 이를 토대로 한 구체적인 마케팅 전략 등을 세우는 것이 중요하다. 이는 창업 규모와 관계없이 꼭 필요한 절차다. 그런데 유감스럽게도 한국 사람들은 이를 무시하거나 대강대강 처리하는 경향이 유달리 강하다. 이미 진출한 다른 기업을 빨리 앞지르고 싶은 성급함 때문에 이 같은 중요한 절차를 간과하는 것이다. 이는 매우 위험한 행동이다. 실제로 이와 같은 절차를 제대로 이행하지도 않고 섣불리 창업했다가 고배를 마시고 귀국하는 사례가 적지 않다.

　중국에서 성공한 기업 중 하나인 오리온 그룹의 중국 진출 사례를 한번 살펴보자. 오리온에서 가장 유명한 제품인 초코파이는 중국에서도 한국 못지않은 명성을 갖고 있다. 우리말로 '좋은 친구'라는 의미인 중국의 초코파이 '하오리요우好麗友'는 1998년 이후 2년 연속 파이류 시장점유율 1위, 인지도 1위, 구매율 1위 등을 차지한 바 있다. 그 결과 오리온에서 나오는 제품은 현재 중국 시장에서 파이 부문 1위, 비스킷·스낵 부문 3~4위를 차지할 정도로 중국에서 인기가 높다. 이 같은 성공 속에서 중국 현지 공장도 베이징과 상하이 및 광저우 등의 네 곳으로 늘어났고, 중국 진출 당시 300만 달러에 불과했던 매출액이 2007년에는 50배 이상 늘어난 1억 7,000만 달러를 돌파했다. '차이나 드림'을 꿈꾸었던 숱한 외국 기업들이 고배를 마시고 귀국하는 가운데, 지난 십수 년간 오리온 그룹은 '좋은 친구'라는 이미지메이킹으로 단단한 입지를 다져온 것이다. 이 기업의 가장 큰 성공 비결은 '철저하고 탄탄한 준비 작업'에 있었다.

오리온 그룹의 중국 진출은 꽤 오래전부터 기획되고 준비된 계획이었다고 한다. 수년에 걸친 꼼꼼한 사전 조사를 거친 뒤 1997년 중국 베이징 하북성 랑팡 개발부에 5만㎡ 규모의 공장을 준공하면서 비로소 주사위는 던져졌고, 오늘날의 성공에 이른 것이다. 초고속 성장이라 할 만한 성공이었던 만큼 적잖은 난관과 역경도 따랐다.

초코파이를 중국으로 수출하는 최초의 시도를 한 사람은 1992년 중국과 국교가 수립되기 전에 견학을 통해 중국 대륙의 제과 수출 가능성을 살펴보았다. 그 후 중국 진출을 위해 회사 내에 중국 대륙을 헤치고 다니며 치열한 현지 조사를 벌일 '하오리요우 파이' 팀을 조직했고, 이들 팀에게 부여된 가장 중대한 임무는 '초코파이'라는 제품을 알리는 것이었다. 이에 관한 전략 회의에서 채택된 첫 번째 아이디어가 베이징 천안문 광장에 대형 입간판을 세우는 것이었다.

이 프로젝트는 1년간의 홍보비를 거의 모두 쏟아 붓는 일대 모험이었는데, 이런 과감한 도전은 여기서 멈추지 않았다. '무료 시식회'라는, 당시 중국에서는 생경하기만 했던 홍보 방식을 도입한 것이다. 시식이라는 문화조차 없었던 만큼 첫 반응은 싸늘하기만 했다. '먹지 못할 음식이니 그렇게 무료로 주려는 것 아니냐'는 오해까지 받을 정도였다.

이렇듯 아무리 애써도 이렇다 할 반응이 없자 관계자들은 애초부터 무리한 도전이 아니었을까 하는 회의에 빠지기도 했다. 하지만 포기하지 않고 1년여간 더 심혈을 기울인 결과 서서히 반응이 나타나기 시작했고, 시식회에서의 좋은 반응이 매출로 이어지며 1994년부터 본격적으로 판매율이 올랐다. 그리고 그 이듬해 수출 1,000만 달러를 달성했다. 단기적인 반응에 좌우되지 않고 천천히 그리고 꾸준히 성공을 향해 달린 결과였다. 이처럼 해외 창업 시에는 진출 전략이 중요한데, 특히 주력 시장과 주력 제품의 집중화가 필요하다.

세계적인 다국적 기업들이 벌이는 치열한 경쟁에서 살아남으려면 세밀한 시장 분석과 카테고리의 분석도 필수다. 중국은 분명 매력 있는 시장이지만, 이 매력을 맛보기 위해서는 차별화된 저력이 있어야 하는 것이다. 그러기 위해서는 먼저 자신이 가진 것을 냉철하게 분석하고 수익률을 최대한 끌어올리기 위한 단계적 전략의 수립과 실행이 중요하다.

또 해외 진출인 만큼 '현지화 전략'도 중요하다. 초코파이 또한 '하오리요우'라는 중국어로 출시되었고 포장지에 쓰여 있는 유명한 문구 '정情'도 '인仁'으로 바꾸었다. 이는 인간관계에서 '정'을 중시하는 한국과 달리 중국은 '인'을 중시한다는 점 때문이었다. 그 외 오리온에서 나오는 '고래밥', '오감자', '예감' 등도 각각 '하오뚜어 위', '야투떠우', '슈우유엔' 등으로 출시되었다.

오리온 그룹이 성공할 수 있었던 또 하나의 요인은 바로 틈새시장을 노린 전략이었는데, 이것만 보아도 현지화된 직원이 해외 진출 기업에서 얼마나 중요한 역할을 하는지를 알 수 있다. 오리온 그룹에서는 주재원들의 빈번한 '물갈이'가 일어나지 않는다. 보통 3~4년에 한 번씩 새로운 주재원을 파견하는 다른 기업들과 달리, 오리온 그룹의 중국 법인 한국인 직원들은 대부분 15년 이상 중국에서 거주한 사람들이다. 이는 곧 현지에 대한 기업의 전문성과 연결된다. 현지 정보에 밝은 직원들이 많은 만큼 현지의 상황 변화 등에 민첩하게 대처할 수 있는 것이다.

소규모의 무역업부터 IT, 의류업계에 종사하는 많은 사람들이 창업 과정에서 이 같은 철저함을 발휘하지 못한 탓에 실패하고 돌아간다. 이런 시행착오를 면하려면 국경 밖에서 무조건 성공할 수 있다는 허황된 믿음을 버리고, 현지에 대한 다각적인 공부부터 시작해야할 것이다. 이런 마음가짐과 자세만 따라준다면, 중국은 그대의 크고 원대한 포부를 펼치기에 더할 나위 없이 완벽한 나라일 것이다.

# 그대만의 취업 전략을 다시 세워라



일본 마쓰시타 전기의 창업자이자 존경받는 위인 중 한 사람인 마쓰시타 고노스케는 자신의 성공 요인으로 세 가지를 들었다. 첫 번째는 '가난'이었다. 가난한 환경 때문에 이런저런 일에 몸을 던지며 다양한 경험을 해오다 보니 세상살이에 필요한 교훈을 아주 많이 터득할 수 있었다는 것이다. 두 번째는 '허약한 몸'이었다. 어릴 때부터 몸이 약했던 그는 매 순간 건강을 의식하며 살았고 그래서 남들보다 더 열심히 운동해 오히려 더 건강한 몸을 유지할 수 있었다. 마지막으로는 '짧은 가방끈'이었다. 초등학교도 못 마친 짧은 학벌 때문에 그는 평생 동안 모든 사람을 스승으로 여기고 배우는 삶을 살았다고 한다.

이와 같은 맥락에서 한 가지 이야기를 들려주고 싶다.

얼마 전 신문에 '300만 원 들고 배에 타 10년 만에 1,970억 원의 매출을 올렸다'는 한 재일교포 기업인에 대한 기사가 실렸다. 그는 일본에서 가전 유통과 면세점 운영으로 성공하기 전, 거의 무일푼으로 무작정 일본 땅에 가서 일을 배우기 시작했다고 한다. 그의 집무실에는 '지금 당장 한다. 될 때까지 한다!'라는 좌우명이 붙어 있었다. 인생에서 종종 찾아오는 위기를 그는 늘 기회로 보았다. 그리고 그 기회를 잡는 길은 오로지 실행밖에 없다고 믿고, 늘 먼저 움직이는 삶을 살았다.

1993년 그는 스물여섯 살의 청년 실업자였다. 지방대학을 졸업하고 취업에 계속 실패하자 그는 '일본어라도 배워보자'라는 심정으로 무작정 일본으로 떠났다. 당시 수중의 돈은 단 300만 원이 다였는데, 이조차도 일본어 학교에 등록하고 방을 얻고 나니 한 푼도 남지 않았다.

이런 극한의 상황에서 그를 먹여 살린 것은 아마도 '절박함'이었던 것 같다. 살아남고자 하니 '살기 위한 아이디어'가 마구 솟아났다고 그는 말한다. 그는 한국의 경기미京畿米를 사다가 두세 배의 이윤을 남기고 팔았고, 한국 가요 테이프를 구해 팔아 1년 만에 300만 엔을 손에 쥐었다. 지방대 출신의 그는 한국에서는 '잘나가기' 어려운 인생이었는데 막상 나와보니 더 많은 길이 보이더라고 말했다. 그는 한국의 젊은이들에게 이렇게 말한다.

"더 이상 학력과 배경 따위에 얽매여 스스로를 구속하지 말고 해외에서든 국내에서든 적극적으로 도전했으면 합니다."

내가 매일같이 만나는 연수생들은 말한다.

"해외로 나와보니 바깥세상의 공기가 이전에 생각했던 것보다 훨씬 더 자유롭고 진취적이라는 것을 알게 되었어요. 이젠 저도 해외 취업 등을 통해 해외에서의 새로운 삶에 도전하고 싶어졌어요."

해외 취업에 대한 관심도가 높아지면서, 해외에서 취업이나 창업을 하려면 어떻게 해야 하느냐고 직접적으로 묻는 학생들도 늘었다.

이런 상황에서 한 가지 강조하고 싶은 것은, 해외 취업의 기회가 많다고 해서 그것을 만만하게 봐서는 안 된다는 것이다. 중국 내 70% 이상의 기업들이 실전 투입이 '즉시' 가능한 사람들을 요구한다. 대한무역투자진흥공사(KOTRA)의 중국 베이징 무역관에서도 '안일한 사고로는 중국 시장에서 도전하고 적응하기 힘들다'고 전한다. 성공적인 해외 취업을 위해서는 보다 더 전략적인 접근이 필요하다. 그럼 여기서 내가 경험한 성공적인 해외 취업의 지름길을 조언해주겠다.

첫째로 자기 자신과 현실을 제대로 파악해야 한다. 자신의 능력은 생각지 않고 회사 조건을 이러쿵저러쿵 평가하는 20대가 많은데, 이런 학생들이 취업을 못하는 최대의 장애물은 외부 요인이 아닌 마음가짐에 있다. 취업이 마음대로 되지 않는다고 사회 환경이나 가정환경 등 외부적인 상황만 탓해왔다면 정작 문제가 자기 자신에게 있는 것은 아닌지 냉정하게 한번 돌아볼 일이다.

두 번째로 자신의 성장에 기업을 적극 활용할 필요가 있다. 아직도 안전하고 튼튼한 직장만을 바라보는 이들이 적지 않은데, 이는 어떻게 보면 시대적 흐름을 제대로 파악하지 못하고 있다는 증거다. 과연 얼마나 많은 직장이 직원의 안정과 평생을 보장해줄 수 있을까? '안정'만 믿고 오랜 세월 공들여 입사해도 언제 어떤 식으로 해고될지 모르는 세상이 아닌가. 많은 청년들이 목매고 있는 대기업의 사정도 크게 다를 바 없다. 그 공룡 같은 몸체를 유지하려면 더더욱 살벌하고 냉정한 체제가 필요한 법. '45세 정년'을 뜻하는 '사오정'이라는 말이 나온 지도 수년이 지난 마당에, 기업이 제공하는 안정과 평생 보장이 무슨 의미일까.

아직 젊어서 앞으로 기회가 많을 것이라는 믿음으로 더 안정된 곳을 기다리다가 기회를 놓치는 경우도 많다. 그렇기에 일단 자신을 부르는 곳이 있으면 그곳에서 작게 시작해서 착실히 실력을 다진 후 원하는 기업으로 가거나 창업을 택하는 것이 현명하다.

첫 직장에 뼈를 묻겠다는 틀에 박힌 사고는 벗어던져라. 기업이 직원을 활용해 이윤을 늘려나가듯, 개개인 또한 기업을 활용해 자신의 커리어와 대우를 늘려나갈 필요가 있다.

세 번째로 청년기에 직장에 관한 제대로 된 가치관을 수립해야 한다. 청년기는 당장 받을 월급과 같은 '목전의 이익'에 급급하기보다 사회적 능력이나 실력을 갖추는 데 더 몰입할 시기다. 이런 점에서 중국식 취업 문화를 참고할 필요가 있다. 중국 청년들은 입사 직후 받는 대우에 일희일비하기보다 회사 내부 시스템 등을 지켜보며 훗날의 기회를 도모한다. 즉, 우선은 사내에서 실력을 유감없이 발휘하고 자신이 이 회사에 꼭 필요한 존재임을 상사들에게 인식시키는 데 비중을 둔다. 그렇게 그 조직 안에서 배우고 성장한 뒤 자신의 몸값을 올리고 다음 단계로의 도약을 꾀하는 것이다. 탄탄한 실력을 갖춘 인재로 성장만 하면 도약은 따놓은 당상이다. 그러니 먼저 스스로를 채우는 일에 몰입하라.

해외에 처음 나가면 불순한 의도로 접근하는 사람들도 많기 때문에 이에 대한 각별한 주의도 필요하다. '해외에선 현지인보다 그곳의 한국인을 더 조심해야 한다'는 말이 나올 정도니 말이다. 가령 외국 생활 초보자에게 '같은 한국인으로서 힘든 심정 다 안다'며 접근한 동포로부터 사기를 당하는 경우도 속속 발생한다. 이들은 호시탐탐 기회를 노리며 순진한 양을 찾아 기웃거린다. 따라서 잘 모르는 사람에게 자신의 안전을 맡기기보다 국가 기관이나 해당 분야를 전문적으로 처리하고 있는 단체의 도움을 받을 것을 당부한다.

# 그들이 해외 취업에 실패하는 이유

지혜가 부족해서 실패하는 경우는 드물다.
사람에게 늘 부족한 것은 성실이다.
성실하면 지혜도 생기지만
성실하지 못하면 지혜도 흐려지는 법이다.

_벤저민 디즈레일리Benjamin Disraeli, 영국 정치가


해외 취업의 기회가 매년 증가하면서 글로벌 인재로 활약하는 청년이 점점 늘고 있다. 하지만 늘 성공 사례만 있는 것은 아니다. 해외에서도 취업 전쟁에서 번번이 탈락의 고배를 마시는 사람들이 분명 존재한다. 내가 지도하고 있는 취업 연수 과정의 평균 취업률은 대략 60% 전후인데, 이를 바꿔 말하면 40% 정도의 청년들(유학생과 취업 연수생들)이 취업에 실패했음을 의미한다. 그중 취업 의사가 없는 일부 학생을 제외하고 20~30% 정도는 의향이 있음에도 불구하고 못하는 경우다. 또 취업에는 성공했으나 중도에 포기하는 청년들도 있다.

　지금껏 구인 기업과 구직자를 연결시켜준 경험들을 미루어볼 때, 해외 취업에 실패하는 사람들이 전형적으로 갖고 있는 몇 가지 요인이 있는 것 같다. 우선 구직자들에게 거의 공통적으로 나타나는 두 가지의 주된 요인을 꼽아보도록 하겠다.

　첫 번째는 근거 없는 자만심이다. 취업에 실패한 이들을 가만히 지켜보면 자신감은 넘친다. 문제는 그 도가 지나치다는 것이다. 자신의 능력을 너무 과신한 나머지 눈높이가 한껏 올라가 현실에 적응하지 못하는 것이다. 한편 일부 청년들은 은연중에 '어떻게 중국인들을 나와 비교할 수 있어' 혹은 '아직 후진국인 중국은 한국하곤 비교가 안 돼'라는 식의 마음을 갖고 있다. 이런 마음 자세는 현지에 적응하고 성공하는 데 전혀 도움이 되지 않는다. 특히 그들의 자만심은 이를 바라보는 현지인들의 마음까지 불편하게 한다. 그들이 모르는 모국어로 몰래 수군대고 욕한다 해도 그러한 감정은 표정과 눈빛으로 어떻게든 드러나게 되어 있다.

　사회생활에서든 인간관계에서든 백 마디 번지르르한 말보다는 진심 어린 자세와 눈빛이 중요하다. 태도 하나로 충분히 실현 가능한 일을 그르치는 사람이 있는가 하면, 도저히 불가능할 것 같은 일도 거뜬히 해치우는 사람이 있다. 마찬가지로 취업에 대한 문제도 본인의 태도에 따라 결과가 확 달라진다. 앞서 말했듯이 자신의 눈높이와 현실 사이의 괴리 때문에 방황하고 실패하는 청년들이 아주 많은

데, 개중에는 그렇게 겨우 취업하고도 주변 사람들과의 관계가 악화
되어 그만두는 친구도 있다.

N군은 서글서글하고 쾌활하며 친화력도 좋아서 내가 내심 기대
했던 연수생이었다. 교내외 활동에도 적극적이었던 그는 중국 비즈
니스 현장에서 종사하는 사람들로 구성된 강사들과의 교류에도 적
극적으로 나서는 등 모든 일에 능동적이었다. 시간이 흐를수록 그를
찾는 사람들이나 기업이 늘어갔고, 그 과정에서 N군은 여러 가지 좋
은 조건의 제안도 받았다.

문제는 여기서 시작되었다. 여기저기서 그에 대한 칭찬이 이어지
고 그를 찾는 곳이 늘어나자 N군은 초심을 잃고 자만하기 시작했다.
당당함이 지나쳐서 오만하게까지 느껴지는 그의 태도에 사람들은
하나 둘 떠났고 이런저런 나쁜 말까지 나돌았다. 이런 과정에서 N군
은 주변 사람들로부터 받은 상처를 회복하지 못하고 중국을 떠났다.
'중국에서 반드시 내 꿈을 펼쳐보고 말겠다'며 동분서주했던 그의
열정이 한순간에 수포로 돌아가고 만 것이다.

혈기왕성한 청춘에, 특히 재능이 많은 친구들은 이런 실수를 범할
때가 많은데, 그런 실수마저도 더 성숙해지는 과정 속의 공부로 삼
는 지혜가 필요한 것 같다.

해외 취업에 실패하게 되는 또 하나의 요인은 바로 안일한 자세

다. 새로운 시도를 위해 해외를 찾았으면 배수진을 치는 심정으로
덤빌 법도 한데, 청년들 가운데는 '뭐, 하다 안 되면 돌아가면 되니
까'라는 마음가짐을 갖고 있는 이들이 많다.

일반적으로 해외 취업 연수를 온 청년들은 다음 두 가지 유형으로
나뉜다. 한국에서의 취업이 여의치 않아 차선책으로 온 경우와, 처
음부터 해외 취업에 관심을 갖고 나선 경우다. 그런데 이 두 부류의
취업률은 현저한 차이가 난다. 말하자면 '수동적인 계기'에 의해 온
학생들은 마음 자세 또한 수동적이고 '포기가 준비된' 태도를 갖고
있다. 그러다 보니 조금만 더 열심히 하면 잘될 일도 도중에 그만두
는 경우가 많다.

가령 현지 기업과의 면접에서 "중국에서 어느 정도 일할 생각이
냐"는 질문에 "한 2, 3년쯤 생각하고 있습니다"는 식의 순진한 대답
을 하는 이들도 꽤 된다. 치열한 생존 경쟁이 벌어지는 글로벌 비즈
니스의 최전선에서 '뼈를 묻을 각오로 열심히 하겠다'는 마음가짐을
보여도 모자랄 판에 '몇 년 후 귀국할 계획'이라고 밝히는 사람을 기
업이 뭣 하러 뽑겠는가. 이처럼 취업에 성공하려면 칼을 뽑기 전에
먼저 확고한 각오부터 다져야 할 것이다.

또 한 명의 연수생 K군은 '뜨고 있는 중국을 더 알고 싶고 또 이곳
에서 기회를 잡고 싶다'고 연수 참가 동기를 밝혔다. 그리고 다행히
연수 초기부터 한 기업과 인연을 맺었다. 그런데 비교적 쉽게 취업
이 되어서일까, 초심을 잃고 안일한 생각에 빠져 얼마 지나지 않아

그는 퇴사했다. 뒤이어 다른 기업을 추천받아 들어갔지만 결과는 마찬가지였다. '너무 힘들어서 어쩔 수 없었다'는 그의 퇴사 사유를 들어보면 그저 갓 사회생활을 시작하면 으레 겪는 일반적인 고초에 불과했다.

한편 중국에서는 유난히 취업이 안 되는 특정 부류가 있다.

첫 번째로 여성들이다. 중국에서는 남성의 취업률이 훨씬 높은 편이다. '구두 세 켤레가 닳을 정도로' 온통 헤집고 다녀야 비로소 성공의 문이 보인다는 넓디넓은 중국 대륙을 감당하기엔 아무래도 여자보다 남자가 낫다는 사상이 아직 남아 있기 때문이다. 하지만 이런 점은 뛰어난 실력의 여성들이 진출할 수 있도록 앞으로 개선될 여지가 많으므로 여자라고 해서 낙담할 필요는 없다.

두 번째로 대학 졸업 예정자들은 졸업 후 직장 경력 혹은 다른 사회 활동을 한 사람에 비해 취업률이 낮다. 그 원인을 분석해보면, 이제 막 대학을 졸업한 청년들은 그만큼 '사회에 덜 물들었기' 때문이다. 이왕이면 기업 측에서는 순진무구하기만 한 졸업 예정자보다는 약간이라도 사회 경험이 있는 사람을 더 선호하게 마련이다.

다음으로 중국어 실력이 낮은 사람이다. 물론 중국어 실력이 안된다고 취업이 전혀 안 되는 것은 결코 아니나, 일터가 중국인 만큼 아무래도 언어 능력이 받쳐주는 사람을 선호하는 것은 사실이다. 물론 여기서 뛰어난 실력이란 '고급 중국어 실력'을 말하는 것은 아니며,

일상 대화가 가능한 수준의 언어만 익히면 훨씬 유리하다.

L양은 취업 연수 과정에 합류할 때만 해도 이 같은 부류에서 비껴가기 힘든 사람 중 한 명이었다. 당시 대학을 막 졸업한 그녀는 한국 사회의 전형적인 단아하고 얌전한 여대생이었다. 하지만 연수 기간이 길어질수록 그녀는 놀랄 만큼 변해갔다. 불리한 조건에도 불구하고 주어진 일에 대한 남다른 책임감과 열정, '안 되는 일도 되게 하자'는 불굴의 투지를 발휘하며 어떤 일에든 저돌적으로 매달렸다. 그런 그녀의 행동에는 웬만한 남자와는 비교도 안 될 정도의 에너지가 실려 있었다. '안 되면 한국으로 다시 돌아가면 되니까'라는 마음가짐의 일부 학생들과 달리 그녀는 '이 일을 못하면 난 무슨 일도 못해'라는 생각으로 모든 일에 임했고, 그렇게 2, 3년을 보낸 결과 한국 정부와 관련된 일을 할 정도로 실력을 인정받았다. 그리고 지금은 중국 전역을 종횡무진 누비며 활발히 활동하고 있다.

이처럼 자신이 가진 조건이 불리하든 유리하든, 결국은 자신이 어떻게 하느냐에 따라 결과는 달라진다. 똑같이 불리한 조건이라도 어떤 이에게는 걸림돌이 되는가 하면 어떤 이에게는 더욱 노력하게 만드는 자극제가 된다.

해외 취업은 결코 쉽지 않은 도전이다. 하지만 그만큼의 매력이 있다. 자만심을 버리고 현지를 편견 없이 수용하는 겸손한 자세로 다가갈 자신이 있다면 충분히 도전해볼 만하다. 학연과 지연에서 자유로워지는 만큼 더 많은 기회를 얻을 수도, 더 많은 결실을 거둘 수도 있을 것이다. 단 언제 어디서 다가올지 모를 기회를 꿰뚫어보는 눈, 주변의 모든 사람을 스승으로 삼을 줄 아는 겸손한 자세는 필수다.

# 해외 진출에 도움 되는 각종 지원 제도



한국 중앙정부에서는 해외 유학이나 인턴 혹은 취업 및 봉사 등에 관한 다양한 종류의 지원 제도를 운영한다. 또 각 지방 자치단체 및 학교, 기업 등 사회 각계각층에서 다채로운 지원 제도를 통해 청년들의 해외 진출에 도움을 주고 있다. 그러므로 해외 진출에 대한 뜻이 있다면 다양한 지원 제도들을 찾아보고 자신의 상황에 맞는 프로그램을 선택해 지원받는 것이 좋다.

가령 한국산업인력공단이 주관하는 해외 취업 지원 제도는 어떤 제도보다 활성화되어 있고 그 성과 또한 대단하다. 이미 상당수의 청년들이 이 제도를 이용해 해외 취업에 성공하고 있다. 벌써 10년 이상 시행되고 있는 이 제도 덕에 한국에서 해외 취업으로 눈을 돌리는 청년도 많이 늘었다.

　교육인적자원부 또한 다양한 제도를 운영하고 있다. 특히 교육부는 한국의 각 대학들이 전 세계를 대상으로 '글로벌 체험'이나 '글로벌 현장 학습' 등과 같은 교육을 적극 추진할 수 있도록 각종 지원을 아끼지 않고 있다. 그 외에도 영어권에서의 유학이나 인턴, 취업 등을 지원하기 위한 웨스트WEST 프로그램, 워킹 홀리데이Working holiday 등과 같은 제도 추진에도 적극 나서고 있다.

　뿐만 아니라 아시아 지역의 중요성에도 주목하고 다양한 프로그램을 기획 중인데, 그중 하나가 최근에 시행된 '캠퍼스 아시아'라는 프로그램이다. 이 프로그램은 한국과 일본, 중국 정부의 협조 하에 각국의 대학이 공동의 커리큘럼을 만들어 세 나라를 오가며 학습하고, 공동 학위를 취득하도록 하는 제도다.

　이 외에도 보건복지부나 외교통상부, 과학기술부, 통상산업부 등 다양한 곳에서 해외 진출 지원 제도를 운영한다.

　각 지방자치단체 역시 각각의 특성에 걸맞은 다양한 지원 제도를 운영 중이다. 한 지방자치단체의 경우 해외 인턴 제도를 운영하며 청년들이 해외에서 인턴 및 취업을 원활히 할 수 있도록 현지에서의 학비는 물론 일부 생활비까지 보조해주고 있다. 항공료나 최소한의 생활비만 부담하면 수개월간 해외에서 인턴 과정을 밟으면서 견문을 넓힐 수 있는 것이다. 또 이 과정 중에 서로 마음만 맞으면 인턴에서 직원으로 승격될 수도 있다.

해외 진출을 지원하는 또 다른 기관으로 학교가 있다. 몇 년제 대학이건 관계없이 한국 대부분의 대학에서는 교환학생 제도를 비롯해 해외 학습 과정, 해외 봉사 과정, 글로벌 리더십 과정 등과 같은 다양한 제도를 운영한다. 이런 제도로 지원하는 비용은 해외 학기의 절반에서부터 전액에 이르는 정도다. 일부 대학은 항공료, 생활비 등을 지원하기도 한다.

그 밖에 국제협력단은 ODA 청년인턴, 해외 봉사단 활동 프로그램을 운영하고 한국관광공사는 해외 인턴십 프로그램을, 한국대학사회봉사협의회는 해외 봉사 프로그램 등을 운영한다. 이처럼 우리 사회에는 일일이 열거하기 힘들 만큼 다양하고 풍부한 지원 제도가 마련되어 있다. 그리고 이러한 제도를 더 큰 도약의 도구로 삼는 것은 오직 청년들이 결정할 몫이다. 한국에서와는 좀 더 다른 생활을 꿈꾸고 있거나 해외 진출에 대한 이상이 있다면 앞서 열거한 지원 제도들의 특징과 장단점 등을 파악하고 적극 활용해보길 권장한다.

20대는 그대의 가슴을 더 뛰게 하는 무대를 찾아
열렬히 고민하고 탐색해야 하는 시기다.
지금껏 그대의 기를 죽였던 기존 질서에
반기를 들어라.
국경 밖의 유연한 틀 속에서
그대의 가능성을 펼쳐나가라.

# 노력한 만큼 보상받을 수 있는 나라

중국 내 여성 의류 도매업체 창업자

2008년 대학교 4학년 시절, 나는 유독 바쁜 나날을 보내고 있었다. 학생회·동아리 활동, 각종 논문 및 공모전 준비에 취업 준비까지……. 눈코 뜰 새 없이 빡빡한 날들이었다. 이처럼 정신없는 학기를 보내고 졸업 시즌이 다가오며 취업에 대한 스트레스가 최고조에 달할 즈음, 생각지 못했던 좋은 기회를 잡게 되었다. 모 은행의 공채에 합격한 것이었다. 취업난이 아주 심각한 시기였던 만큼 이루 말할 수 없이 기쁜 소식이었다.

그런데 며칠 뒤, 한국산업인력공단에서 주최하는 중국 해외 취업 연수 프로그램에 응시했던 곳으로부터 면접을 보러 오라는 연락을 받았다. 중국의 가능성을 감지하고 관심이 높아지던 차에 학교 학생회관에 붙은 광고 포스터를 보고 지원했던 프로그램이었다.

내가 중국과 첫 인연을 맺은 것은 2007년 여름방학 때였다. 당시 친구가 유학 중인 베이징으로 여행을 갔었는데, 그때 중국이라는 나라의 발전 가능성과 드넓은 대륙의 위력을 느끼고 좋은 느낌을 안고 돌아왔었다. 그 이후로 방학 때마다 자주 중국을 방문했고, 자연스럽게 창업에 대한 관심이 생기면서 이런저런 사업 계획서를 작성하곤 했다. 그리고 2008년 베이징 올림픽이 막을 내린 뒤 준비했던 인터넷 쇼핑몰과 로드샵 한 개로 베이징에서 몇몇 친구들과 동업을 시작했다. 학생 신분인 만큼 소자본으로 시작된 사업이었다.

예상보다 높은 매출을 기록하자 우리는 쉽게 자만에 빠졌고, 모두의 본업이 공부이다 보니 시간이 지날수록 관리에 소홀해져갔다. 게다가 나는 한국에서 학교를 다니고 있었으니 전화 통화나 메신저를 이용한 의사소통밖에 할 수 없는 상황이었다. 결국 매출은 점점 떨어졌고 어느 정도의 용돈벌이만 되는 수준으로 유지되다 2009년 4월에 사업이 정리되었다. 비록 실패에 그쳤지만 이는 나에게 많은 실전 공부가 된 귀중한 경험이 되었다.

이 같은 경험이 있었던 나였기에 산업인력공단으로부터 연락을 받은 후 깊은 고민에 빠지지 않을 수 없었다. '높은 연봉의 안정적인 직장'과 '중국에서의 재도전' 중 한 길을 고른다는 것은 결코 쉬운 선택이 아니었다. 더구나 당시 내 나이가 스물아홉이었으니 섣불리 충동적인 결단을 내려서는 안 될 것 같았다. 운명의 장난인지 첫 출근 날짜와 출국 날짜도 각각 3월 2일, 같은 날이었다. 하지만 평소 우유부단함과는 거리가 멀었던 나는 며칠 사이 과감한 결정을 내렸다.

　나의 선택은 상하이로 떠나는 것이었다. 안정적인 직장을 택한다면 은행 회사원으로 평생을 살 텐데, 그러기엔 내 안의 열정이 너무 컸다. 주위의 반대를 무릅쓰고 상하이행 비행기에 오를 때까지 우여곡절이 참 많았다. 그래서인지 비행기에 타 있는 내내 온갖 걱정이 꼬리에 꼬리를 물고 이어졌다. 더구나 베이징에서만 생활했던 나는 상하이라는 도시가 조금 두렵게 느껴지기도 했다. 아는 사람 하나 없는 낯선 도시. 하지만 이런 사실이 내가 상하이를 택한 이유이기도 했다. 만일 아는 사람이 많은 곳으로 가면 그들에게 의지하게 될 것이고, 그럼 제대로 성장하기 힘들겠다고 판단했던 것이다. 이런 나의 생각은 정확히 맞아떨어진 것 같다. 낯설고 불편한 곳에서 살아남기 위해 나는 더 많이 노력했고, 생각보다 더 많은 인맥을 쌓을 수 있었다. 그 결과 연수생 가운데 취업도 가장 빨랐다.

　사실 나는 취업보다는 창업에 뜻이 있었지만, 아직 중국에 대해 아는 것이 많이 없었기에 직장을 다니며 현지 지식을 늘려가기로 결심했다. 나의 첫 회사는 국제운송회사였다. 중국과 한국 간의 거래가 원활하게 이루어질 수 있도록 도와주는 국제운송이 주 업무였는데, 사장은 한국 사람이지만 실장을 제외한 모든 직원들은 중국 사람들이었다. 형편없는 나의 중국어 실력이 대폭 향상된 것도 바로 이 회사에 출근하면서부터였다. 또 이곳에서 많은 사람들을 만나며 사람을 상대하는 방법도 더 많이 익힐 수 있었다.

    2009년 9월의 어느 날, 상하이에 있는 치푸루라는 한 도매시장에 영업을 나가게 되었다. 유동인구가 넘치고 활기로 가득 차 있는 시장들. 그곳에서 나는 '죽은 건물'을 살리기 위해 개조 중인 공사 현장을 둘러보게 되었다. 기존의 칙칙한 중국 시장과는 달리 깔끔하고 쾌적한 이미지로 변신 중인 분위기에 단박에 관심이 갔다. 그곳 사장으로부터 '여긴 아직 분양이 다 끝나지 않았다'는 말을 들었을 때 나는 강렬한 직감에 휩싸였다. '이제 드디어 시도할 날이 왔다'는 직감이었다.

    얼마간의 고민 끝에 나는 다니던 회사를 그만두었다. 사장은 약간 당황했지만 퇴사 사유를 잘 설명하니 이해한다며 도움이 필요하면 언제든 도와주겠다고 격려해주었다. 퇴사하자마자 나는 매장 오픈에 필요한 비용을 비롯해 주변 환경 등 창업과 관련된 전반적인 사전조사에 몰두했다. 여러 방면에서 이리저리 알아보고 꼼꼼하게 체크해본 결과 창업하기에 매우 적합한 환경이라는 판단이 섰고 나는 더 이상 주저하지 않고 계획을 실행에 옮겼다.

    가장 처음 발생한 문제는 초기 자본금이었다. 부족한 자본금을 채우기 위해 나는 동업자를 찾기로 결심했다. 최종으로 선택한 동업자는 취업 연수를 함께 받은 두 명의 형이었다. 그들에게 내 사업 계획을 충분히 설명하자 두 사람 다 긍정적으로 받아들이고 내 뜻에 동의해주었다.

업종은 여성 의류 도매업이었다. 일단 한국에서 물건을 전부 가져와 중국 전역에 도매로 판매하는 일이었는데, 사실 남자 세 명이 여성복을 다룬다는 것은 꽤나 큰 도전이었다. 하지만 매장 오픈 직후 매출은 연일 상승했고 사업은 빠른 시간 내에 자리를 잡았다. 철저한 사전조사와 그동안 쌓아온, 다방면에서 도움을 주는 인맥 등이 주효했던 것 같다. 이후 우리는 사업 확장을 할 시기라고 판단하고 2호점 오픈을 준비했다. 이때 부족한 비용은 외부 투자를 받아 해결했다.

2호점을 오픈하고 처음 몇 달간은 매출이 오르지 않아 고전을 겪었다. 모두 합심하여 고민을 거듭하고 컨설팅을 받는 등 동분서주한 결과 우리는 한 가지 묘안을 찾아냈다. '선택과 집중 전략'을 취하기로 했던 것이다. 즉, 각 지점의 판매 아이템을 축소하고 거기에만 집중하는 방식이었다. 이런 방식을 도입하자 이윤은 쑥쑥 늘어갔고, 현재까지도 이 전략으로 계속해서 매장 수를 늘려나가고 있다. 이렇게 6호점까지 오픈한 우리 사업은 그럭저럭 어엿한 규모를 갖추게 되었다.

여기까지 온 2년이라는 시간 동안 비단 성장만 있었던 것은 아니다. 어차피 각오했던 일이긴 하지만 극복하기 어려운 적잖은 난관을 많이 넘어야 했다. 그중 하나가 '진입 장벽이 낮아 누구든 손쉽게 접근할 수 있다'는 의류 사업의 특징이었다. 이것은 곧 경쟁이 과열될 수 있다는 위험성과 연결됐다. 그만큼 의류 업계에서는 자기만의 남다른 전략이 필수다. 우리 업체의 경우 남들보다 더 빨리 움직이고 미리 대처하는 자세를 유지하려고 노력한다. 또 '사람이 재산이다'라는 말을 끊임없이 상기하고 비즈니스 활동 외에 대학 동창회, 축구회 모임, 한국 상회 모임 등과 같은 다양한 친목 활동에 적극적으로 참가함으로써 인적 네트워크를 넓힌다. 이러한 전략이 곧 경쟁이 치열한 의류 시장에서 빠른 성장을 도모한 원동력이 되었고, 또 앞으로의 성장에 유리한 토대가 되고 있다.

앞으로도 그동안의 시행착오와 그것을 통해 얻은 값진 노하우로 중국의 넓은 대륙 이곳저곳을 더 깊이 파헤쳐볼 예정이다. 중국이라는 시장은 자신이 분주하게 움직이고 노력하면 그만큼의 결실을 되돌려준다는 매력이 있는 것 같다. 나는 앞으로 이곳에서 더 많은 땀을 흘릴 것이고, 더 자유롭고 나은 미래를 보장받을 것이다.

# 국경 밖에서 찾은 새로운 삶

아이요넷 창업자

나는 2003년 2월에 처음 상하이에 왔다. 그때 우리 회사는 중국, 일본 기업과 함께 중국에서 '아이요게임[AyoGame]'이라는 게임 포털 사이트를 합작으로 운영하게 되었다. 우리가 맡은 분야는 게임 개발과 시스템 쪽이었고 중국은 운영을, 일본은 마케팅을 담당하는 구조였다. 당시 중국 내에서 한국 온라인게임에 대한 반응이 뜨거웠기에 나름대로 큰 기대를 걸고 시작한 사업이었다.

하지만 중국 게임 시장에 대한 이해 부족과 중국 유저의 요구를 정확히 이해하지 못한 과실로 인해 이 시도는 그저 몇 개월간의 경험으로 끝나고 말았다. 한국으로 돌아간 뒤에도 중국에 대한 가능성과 매력을 잊을 수가 없었던 나는 2004년 여름 다시 중국 땅을 찾았다. 그리고 그 이듬해 실패했던 게임 서비스의 이름을 따서 '상해 아이요 정보기술유한공사'를 출범했다.

## 중국 호스팅 사업을 시작하다

중국에서 온라인 사업을 준비하자니 한국과 다른 환경 때문에 힘든 부분이 많았다. 그중에서도 특히 온라인 사업에 꼭 필요한 호스팅 서비스가 한국과는 확연히 달라 많은 시행착오를 겪어야 했다. 우선 한국보다 훨씬 큰 대륙임에도 ADSL(기존의 전화선을 이용해 컴퓨터가 데이터 통신을 할 수 있게 하는 통신수단)이 대도시 중심으로만 구성되어 있어 접속 상황도 그리 좋지 않았고, 특히 중국 통신사에서 운영하는 IDC(인터넷 데이터 센터)는 여름에 전력이 끊어지거나 회선이 중단되는 사태가 비일비재했다. 더구나 서비스가 생명인 통신 사업임에도 불구하고 중국 호스팅 기업들은 이런 환경에 대해 아무렇지도 않게 생각하고 있었다.

한국에서 안정적인 인터넷 서비스를 경험했던 나는 이런 환경적인 격차를 수긍하고, 끊임없는 연구·조사를 통해 나름 최상의 서비스를 구축할 수 있도록 노력했다. 그 결과 우리 온라인 사이트는 다른 중국 업체들에 비해 훨씬 안정적인 서비스를 제공할 수 있었다. 그러던 어느 날 중국에서 온라인 정보 사이트를 운영하는 한국 기업 사장님으로부터 자사 사이트 관리를 의뢰받았고, 이를 계기로 우리 회사는 최초의 호스팅 고객을 확보하게 되었다. 그리고 이 일로 유명세를 얻으면서 다른 업체들로부터 호스팅 서비스 의뢰가 속속 들어오기 시작했다.

## 기본에 충실한 사업

중국은 통신사에서 IDC를 구축해서 운영하고, ISP(개인이나 기업에게 인터넷 접속 서비스, 웹 사이트 구축 등을 제공하는 회사) 사업자들이 호스팅 제품을 판매하는 구조를 띠고 있다. 초기 우리 사업은 규모도 작은 데다 정식 ISP 라이선스를 보유하고 있지 않았기에 다른 중국 업체들로부터 대리로 지정받아 사업을 꾸려나갔다. 즉, IDC를 보유하고 있는 통신사와 직접 계약하지 못하고 ISP 사업자로부터 서비스를 받는 구조였다. 이런 시스템이다 보니 이따금 생각지 못한 문제가 발생했다.

호스팅 업체의 가장 중요한 역할은 365일 24시간 고객 지원 서비스를 제공하는 것이다. 24시간 제공되어야 하는 온라인 서비스 특성상 서버나 IDC에 문제가 생기면 안 되기 때문이다. 우리도 마찬가지로 고객에게 이 서비스를 제공했다.

그런데 어느 날, 새벽 3시에 한 고객으로부터 전화가 걸려왔다. 서비스에 장애가 생겼다고 빨리 처리해달라는 것이었다. 곧바로 우리에게 서비스를 제공하는 업체에 연락을 취했지만 전화를 받지 않았다. 혹시 전화번호를 잘못 알고 있나 해서 우리 회사 중국인 직원에게 전화했더니 놀라운 대답이 돌아왔다. 중국은 저녁 9시 이후로는 전화를 받지 않는다는 게 관례라는 것이었다.

'24시간 서비스 제공'이라는 고객과의 약속을 포기할 수 없었던 나는 그길로 택시를 타고 IDC로 갔다. 도착한 IDC는 문이 굳게 닫혀 있었고 수위실 불도 꺼져 있었다. 한참 후에야 나온 수위에게 능숙치 못한 중국어로 사정을 얘기했더니 수위는 성가시다는 듯 통화를 한 차례 하고는 IDC 비상 연락처를 알려주었다. 이 비상 연락처로 나는 겨우 문제를 차질 없이 해결할 수 있었다.

당시 고객에게 이와 같은 중국 내의 관행을 설명하고 다음 날 처리해주겠다고 할 수도 있었지만 나는 우리가 해놓은 기본 서비스를 꼭 지키고 싶었다. 그리고 이와 같은 사업 철학이 우리 사업을 더욱 탄탄하게 해주었다고 믿는다.


## ISP 사업자로 도약하다

중국 내 온라인 쇼핑몰과 온라인 게임 등, 온라인 시장의 폭발적인 성장에 힘입어 호스팅 시장은 매년 크게 성장했고, 우리 아이요넷도 이런 시장 환경에 영향을 받아 고속 성장세를 기록했다. 그리고 2009년 2월, 설립 4년 만에 아이요넷은 드디어 정식 ISP 라이선스를 획득했고, 이로써 중국 정식 ISP 사업으로 입지를 다졌다. 이보다 더 놀라운 사실은 그해 중국 상하이에서 신규 발급된 ISP 라이선스가 우리 기업을 포함해 딱 두 개뿐이었다는 점이다. 사실 지금도 중국에는 수만 개의 호스팅 회사가 있지만 정식 라이선스를 보유한 업체는 백여 개도 채 안 된다. 이런 추세에서 라이선스를 획득했으니, 감격에 찬 우리는 더 높은 성공을 향한 투지를 불태울 수 있었다.

## 중국에서 미래를 꿈꾸다

아이요넷이 어떤 기업이냐고 묻는다면, 중국 상하이에 본사를 둔 다국적 ISP 통신 사업자라고 말할 수 있다. 아이요넷는 2013년에 중국에서 상장을 하고 2015년까지 한국과 일본에 진출해 한·중·일을 연결하는 핵심 통신 사업자가 되고자 한다. 그때가 되면 이미 동북아시아가 세계의 중심이 되어 있지 않을까 하는 기대도 품고 있다.

'중국 시장에서 뼈를 묻겠다'는 결심으로 사무실 한 칸에 책상 하나로 시작된 아이요넷은 2007년 8월 자본금 1백만 위안의 전문 호스팅 사로 성장했고, 2010년 5월 다시 1천만 위안으로 증자하며 전체 임직원 62명의 종합 IT 컨설팅 회사로 발돋움했다.

현재 아이요넷은 락앤락, 동방CJ, SKC&C 등 중국에 진출한 한국 유수의 기업들 호스팅과 스상치이, 제이미 등 중국에서 성공한 한국 상품 쇼핑몰의 파트너를 담당하고 있다. 또 중국 지명도 1위의 의류 브랜드인 이랜드 '티니위니'의 온라인 마케팅도 맡고 있다. 뿐만 아니라 안철수 연구소, 어울림 등 보안 관련 IT 기업들의 중국 진출 파트너로 많은 부분을 협력·추진 중이다.

이처럼 많은 기업들이 아이요넷의 서비스를 이용하고 온라인 마케팅을 의뢰하는 이유는 밑바닥부터 배우고 익혀온 아이요넷의 정보와 업무 추진 능력 그리고 도전 정신을 높이 샀기 때문이라고 생각한다. 또한 통신 시장에 관한 통제가 매우 엄격한 중국 시장에서 ICP(인터넷 정보 제공 서비스), ISP, 통신 관리국의 보안 관리 시스템을 운영하며 대기업조차 획득하기 어려운 라이선스를 획득했다는 점도 중요한 요인인 것 같다.

비록 종종 어려움이 따르기는 하지만 우리 기업은 '노력하는 자는 결국 성공한다'는 신념을 바탕으로 끝없이 도전해 오랜 염원인 '한국의 글로벌 IT 기업'으로 우뚝 설 것이다.

# 중국에서 다시 시작하다

상하이 소규모 기업 대표

한국에서 컴퓨터 학원 사업과 IT 웹 개발 사업으로 이미 성장 가도를 달리고 있던 나는 중국에 올 계획이 없었다. 굵직한 대형 프로젝트 계약도 따내면서 나의 비즈니스는 꾸준한 상승세를 타고 있었고, 틈틈이 무료 봉사 강좌를 할 만큼 여유도 있었다. 그러던 어느 날 한 지인이 대리인을 통해 '중국 동포들에게 컴퓨터 교육을 시켜달라'는 부탁을 해왔다. 처음에는 단박에 거절했다. 자선 사업가도 아니고 남을 도와줄 만한 재력가도 아닌 내겐 너무 무리한 부탁이었다. 그리고 한 달 뒤, 이번에는 지인이 직접 5천만 원을 들고 찾아와서는 신림동 교육 센터 설립을 부탁했다. 그의 간절한 요청에 더 이상은 거절할 수 없었던 나는 그때부터 중국과의 인연을 맺게 되었다.

일단 일을 시작하면 끝장을 보는 성격인 나는 주말을 중심으로 3년간 쉬지 않고 교육에 전념했다. 수강생들은 대부분 일일 노동자나 식당 주방장, 식당 서빙 직원 등이었는데, 내가 가르친 인원과 중국

동포 제자가 가르친 인원을 합치면 약 1,000명 가까이나 되었다. 그 중 100여 명 정도는 전문 과정을 배우기 위해 내가 운영하는 강남 학원을 다니기도 했다.

하지만 개인적인 사정으로 나는 이 교육 사업을 3년 만에 후임자에게 넘기게 되었다. 당시는 이것으로 그들과의 인연도 끝났다고 여겼다. 그런데 2004년에 잠시 가게 된 중국 상하이에서 이곳의 제자들을 다시 만나게 되었다. 놀라운 것은 그들 대부분이 각자 유망한 자리에서 활약하고 있었다는 사실이다. 대부분의 남자들은 식당, 여행사, 부동산업, IT 업계, 반도체 회사, 전자 회사 등 크고 작은 업체의 CEO가 되어 일하고 있었다.

그들과의 재회로 나는 일에 대한 그들의 열정을 확인할 수 있었고, 그들에게 내가 조금이나마 도움이 되었다는 사실에 가슴 뜨거운 감동을 느끼기도 했다. 또 한편으로는 놀랍도록 변화된 그들의 모습이 나의 도전 정신을 자극하기도 했다.


귀국 직후 나는 내게서 컴퓨터를 배운 중국인들 가운데 네 명을 직원으로 채용함과 동시에 한국인 직원 한 명을 팀장으로 두고 중국 진출을 위한 사전 준비를 시작했다. 그리고 2005년, 드디어 상하이에 입성했다. 물론 처음부터 잘되리라고 기대하지는 않았지만, 그렇다 치더라도 첫 1년간은 실적이 너무 형편없었다. 처음부터 중국 시장을 다소 만만하게 보고 성급히 진출한 것 자체가 문제였다. 한국에서처럼 그저 열심히 뛰면 될 줄 알았던 중국 시장에는 싸구려 제품이 판을 치고 있었고, 외국인들의 진입 장벽 또한 너무 높았다.

결국 우리는 원점으로 돌아가 모든 것을 새로 시작하기로 했다. 우선 비즈니스 방향도 컴퓨터 수리 및 기업 관리 등으로 전환한 다음 '컴닥터'란 이름으로 내가 직접 경영에 뛰어들기로 했다. 그 전까지는 대부분의 일을 직원들에게 맡겼지만 중국에서는 나 역시도 직원이라는 생각으로 사고방식을 바꿔야 할 것 같았다. 그래서 전화받는 일부터 손님 접대까지 그 어떤 일도 가리지 않고 직접 챙겼다. 그렇게 하다 보니 업무 시스템의 문제점을 발견하기도 용이했고 점차 우리에게 가장 적합한 시스템을 만들어갈 수 있었다.

이렇게 각오를 새롭게 다지고 열심히 달린 결과 마침내 암흑 같은 터널의 끝이 보이기 시작했다. 이 여세를 몰아 그동안 유심히 봐둔 유능한 직원들과 함께 투자하여 반 직영점을 설립했고, 다행히 1년 만에 목표치의 수익을 달성할 수 있었다. 그리고 이어서 상해 1호점과 베이징 2호점 및 쥬팅 3호점 등을 연달아 세웠고 2012년에는 네 개의 지점을 세울 계획을 갖고 있다.

현재 우리 회사 각 지점들의 하루 순이익은 약 5천 위안 정도다. 소규모 업체가 중국에서 이 정도의 수익을 올리기란 쉬운 일이 아니다. 이와 같은 목적을 달성할 수 있었던 가장 큰 요인으로 나는 '직원의 힘'을 꼽고 싶다. 중국 직원들의 헌신과 희생 없이는 결코 이 같은 성과를 거둘 수 없었으리라고 믿기 때문이다.

나는 많은 젊은이들이 이 같은 나의 경험을 참고삼아 더 넓은 세
상에 나와 도전해볼 것을 권하고 싶다. 단단한 각오와 강한 승부 근
성만 있다면 분명 성공을 거둘 수 있을 테니 말이다.

중국의 무한한 가능성은 아직 한국 사회에 그다지 많이 알려지지
않고 있다. 하지만 사리에 밝은 사람들은 지금 이 시간에도 중국 대
륙의 가능성을 알아보고 발 빠르게 자신의 토대를 가꿔나가고 있다.
나 역시 이런 젊은이들을 볼 때 더 분발해야겠다는 자극을 받는다.
끊임없이 도전하고 새로운 가치를 탐색하는 그들은 내게 더 큰 목표
에 도전하게 하는 열정 또한 심어준다. 그들은 지금도 더 큰 도약을
위해 발 빠르게 움직이며 중국의 새벽을 깨우고 있다. 그 넓은 대륙
위에서 자신의 앞날과 자신의 꿈을 스스로 만들어가고 있는 것이다.
당신은 지금 어디에 서 있는가? 무엇을 꿈꾸고 있고, 그것을 실현하
기 위해 어떤 노력을 하고 있는가?

# 더 나은 내일로 향하는 표를 끊어라!

하고 싶은 말을 모두 담고 싶은 생각에 정신없이 집필하다 보니 어느새 마지막 인사에 이르렀다. 내 나름대로의 사명감에 휩싸여 원고를 쓰는 내내 시종 진지한 태도로 일관했던지라 다소 무거운 책이 되지 않았을까 걱정이 앞서기도 한다. 그래도 마지막까지 이 시대 청년들을 향한 충정을 다하고자 한다.

해외에서 세계 각국의 미래 세대들과 일상을 함께 보내는 나로서는 한국 청년들의 남다른 고통이 더욱 피부에 와 닿는다. 이곳의 외국 청년들도 저마다 나름대로 미래를 준비하고 있지만, 한국 청년들처럼 '스펙 쌓기'라는 무한 경쟁에 골몰하지는 않는다. 한국의 이러한 실정을 들려주면 외국 청년들은 깜짝 놀라며 묻는다.

"도대체 그 스펙이란 게 얼마나 중요해서 모두 그렇게 열광하는 건가요?"

힘들어하는 청춘에 큰 힘이 되어주지 못하는 못난 기성세대 중 한 사람으로서 부끄러움을 감출 수 없지만, 그럼에도 마지막으로 한 가지 간절한 당부를 하고자 한다.

이 시대 청년을 비롯한 우리 모두는 반만년의 유구한 역사를 계승해온 자랑스러운 한반도의 후예다. 우리가 이 찬란한 문화유산을 오늘날까지 이어온 것은 결코 순탄한 일이 아니었다. 열강列強의 틈바구니에 서서 줄곧 숱한 장애를 극복해내야 했기 때문이다. 그렇게 많은 것을 이루어냈지만, 이 작은 나라의 척박한 환경이나 위태롭고 불안한 상황은 여전히 변함이 없다. 이제는 청년들이 나설 차례다. 그것은 우리 민족을 스스로 보존하고 번영을 일으켜온 윗세대에 보답하는 길이기도 하다.

그러기 위하여 이 시대의 청년들은 시야를 달리할 필요가 있다. 성공의 터전을 한반도뿐 아니라 전 세계로 삼을 필요가 있다는 것이다. 시대가 변화한 만큼 지금 우리 청년들에게는 그 변화에 발 맞추어 미래를 전개해나갈 사명 또한 주어졌다. 물질적으로 더욱 풍요로워진 오늘날 현대인들이 극심한 정신적 빈곤을 겪고 있는 것은 이와 같은 시대적 소명을 깨닫기 위한, 다시 말해 '알을 깨고 새 생명을 얻기 위한' 진통일 수 있다. 수많은 청년을 짓누르고 있는 암담한 현실은 '글로벌 터전'이라는 또 다른 선택지가 있음을 알려주고, 이제 그곳을 향해 본격 질주하도록 하는 깨달음을 위한 것일 수도 있는 것이다.

이제 그만 지나친 기우는 내려놓자. 한국 청년들에게는 지난한 역사 속에서 부단히 배양되고 발전된 한국인만의 우수한 DNA가 있다는 점에 주목하라. 세계적 석학 새뮤얼 헌팅턴은 오랜 연구 끝에 근면, 교육, 조직, 기강, 극기 정신 등과 같은 한국만의 경이로운 '발전 지향적 문화'를 인정했다. 뿐만 아니라 수많은 국내외 석학들이 한국인의 열정과 용기, 지식·문화에 대한 탐구 본능, 공동체 의식과 인자한 심성 등에 주목했다. 이 같은 한국인의 뛰어난 DNA가 그대가 가진 심신의 근간이 되고 있음을 잊지 말았으면 한다.

안타깝게도 한국 청년들은 국내에서의 치열한 경쟁 속에 파묻혀 사느라 자신의 가능성을 모르고 있다. 세계에서는 한국 청년들의 찬사가 끊이지 않고 있는데 말이다.

부디 자기 자신을 위해 더 큰 터전, 더 멋진 인생으로 가는 표를 끊길 바란다. 국경 밖에서의 삶은 그대들 자신과 한국의 현주소를 더 적확하게 인식하게 하고, 나아가 새로운 삶을 그려나가게 해줄 것이다. 게다가 오늘날은 더 이상 평생직장의 시대가 아니라 평생 직업의 시대다. '영원한 직장인'이 아니라 '영원한 직업인'이 되어야 하는 것이다. 이러한 시대적 변화 속에서 우리는 남들이 가지 않은 길을 개척해야 한다. 비록 그 길이 아직 우리 사회의 주류와 거리가 멀다 해도, 뚝심 있는 혜안으로 정면을 응시하고 걸어가야 하는 것이다. 그러니 더 이상 한반도 안에서의 유한한 꿈에 머무르지 말고 글로벌 리더로서의 무한한 가능성을 꿈꾸자.

　더 이상은 머뭇거릴 시간이 없다. 더 넓은 곳에서 무궁무진한 기회를 맞이하며 사는 것이야말로 21세기 청년들이 진짜 청춘을 즐기는 길이다. 눈을 떠라. 그대 자신을 믿고, 그대의 가능성을 믿고, 그대의 미래를 믿어라!

# 글로벌 진출을 위한 실전 가이드

## 1. 각 나라 국민의 특성

한·중·일 3국은 가까이 있는 만큼 '외국 사람인데 어쩌면 이렇게도 비슷할까?' 라고 생각되는 점이 적지 않다. 또 한편 '이렇게 가까이 있는데 어쩜 이리 다를 수 있을까?'라고 생각되는 부분도 많다. 특히 중국인과 일본인은 '대륙 국가'와 '섬나라'라는 환경을 비롯해 기질상의 차이가 너무 커서 서로에게서 느끼는 이질감 또한 그만큼 큰 것 같다. 이는 한국인이 중국인이나 일본인에게 느끼는 거리감보다 훨씬 심하다.

'돌다리도 두드려보고 건너라'라는 우리 옛말을 기준으로 중국인과 일본인의 일반적 성향을 비교해보면 다음과 같은 비유가 가능할 것 같다. 일반적인 중국인이라면 십중팔구 돌다리 앞에서 우물쭈물하는 다른 이들을 흉보기라도 하는 듯, 거침없이 건너려 할 것이다. 이와 달리 일본인들은 돌다리를 만져보고 두드려볼 뿐만 아니라, 전문가의 의견을 듣고 검토한 뒤에도 다른 이가 먼저 건너갈 때까지 기다린 다음 비로소 그 뒤를 따르려 할 것이다.

양국 사람들의 이러한 기질을 접할 때면 대륙과 섬이라는 지정학적 특성이 양국 국민의 기질에 어느 정도 작용하고 있음을 느끼게 된다. 실제로 섬나라를 나타내는 영어 단어 'insular'의 어원에는 '고립된', '폐쇄된', '편협한'이라는 의미가 내포되어 있다. 그런데 성장 배경이나 환경 등이 사람들의 기질 형성에 적잖은 영향을 끼친다는 점을 고려할 때, 섬나라에서 나고 자란 일본인이 위와 같은 근성을 지니게 되었다는 점은 그다지 이상한 일만은 아닐 것이다. 이에 더해 바다로 둘러싸여 있어 일단 유사시에 이렇다 할 다른 '도피처'가 없는 곳에 살아야 하는 탓에, 섬나라 사람들은 주위 사람들과의 관계에 남달리 신경을 쓰지 않으면 안 된다. 타인에 대한 의식이 유난하며 타인들과의 화합을 극도로 중시하는 일본인들 특유의 성향 또한 바로 이 같은 지정학적 측면에서 유래되었다고 볼 수 있다.

그런데 무슨 일이든 지나치면 문제가 되는 법이다. 이런 성향이 너무 강하다 보니 일본인들은 배타적인 집단으로 응집되기 쉬웠다. 이로 인해 제2차 세계대전 이후 일본에 진주한 연합국 사령부는 일본인들의 단결심을 부수고 애국심 붕괴 정책을 강력히 전개하게 됐다. 그들의 응집력이 잘못된 방향으로 향하지 않도록 일본인들의 단결 근성을 아예 뿌리 뽑으려고 했던 것이다. 그 결과, 오늘날의 일본인들은 집단주의라는 오랜 전통 위에 서구적 개인주의가 더해진 '일본적 개인주의'라는 또 하나의 특이한 성향을 갖게 되었다.

그렇다면 중국인들은 어떨까? 대륙을 의미하는 'continental'에는 '대륙 기질의', '비영국적인'이라는 의미가 내포되어 있다. '비영국적인'이라는 의미에서 유추가 가능하듯, 대륙 사람들은 섬나라인 영국인이나 일본인의 성향과는 대조적인 측면을 지니고 있다. 사방이 내륙으로 연결된 대륙에서는 일단 유사시에도 어디로든 자유롭게 '도주'할 수 있어, 타인에 대한 의식이나 단합에 그렇게까지 신경 쓸 필요가 없다. 그 때문에 상대적으로 개인의 자유로운 생활이 비교적 더 보장된다. 또한 이러한 환경 속에서는 자신의 이익을 위해 언제든지 이전투구泥田鬪狗하고 이합집산離合集散하는 성향도 더 자연스럽게 받아들여지는 편이다.

반도에 위치한 한국 또한 지정학적 영향을 받아 중국과 일본과는 또 다른 성향을 띠게 된 것 같다. 즉, 반도라는 '중간' 지역에서 살아가는 덕에 한국인은 섬나라 일본인보다는 비교적 덜 섬세하고 덜 꼼꼼한 데 반해 그들보다 더 진취적이며 호탕하다. 또 대륙 중국인보다는 덜 호탕한 측면이 있지만 그보다 섬세하며 정제된 기질을 지니고 있는 것이다.

한·중·일 3국의 바로 이와 같은 성향을 잘 이해하고 지혜롭게 활용한다면, 그들과의 거래나 개인적인 친교에 많은 도움이 될 것이다.

## 2. 중국인과 일본인을 대할 때 주의할 것들

한·중·일에서 성공하려면 무엇보다도 사람을 잘 사귀어야 한다. 그렇다면 어떻게 하면 중국인이나 일본인과 잘 사귈 수 있을까? 혹은 중국인이나 일본인과 친구가 될 때 특히 주의해야 할 점은 무엇일까?

한·중·일 3국 사회에는 각각 고유한 교제의 모습이 있다. 사람들 사이에서의 교제에 대해서도 저마다 약간의 차이가 있다. 가령 중국인 혹은 일본인과 룸메이트가 되어 함께 사는 모습을 살펴보면 다음과 같다.

중국인과 함께 살 때는 우선 아주 친근하다는 느낌이 든다. 말도 곧잘 걸어오고 음식을 만들면 같이 먹자고 권하기도 하며, 상대방의 일에도 관심을 갖고 붙임성 있게 공유하려 하기 때문이다. 그러다가 어느 정도 친해졌다 싶으면, 그는 냉장고에 넣어둔 룸메이트의 음식을 먹기도 한다. 친구 사이라면 '내 것은 네 것이고 네 것은 내 것'이라는 사고방식을 갖고 있기 때문이다. 따라서 다른 룸메이트가 자신의 물건을 건드리거나 음식을 먹어도 개의치 않는다. 그만큼 사람과 사람 사이의 거리를 아주 가깝게 여긴다는 의미다.

그렇다면 일본인들은 어떨까? 일본인과 함께 살면 우선 '조용하다', '있는지 없는지 모르겠다'는 느낌이 든다. 말을 붙이면 친절하게 응해주긴 하지만 그쪽에서 먼저 말을 걸어오거나 하는 경우는 매우 드물다.

음식을 만들거나 사와도 아무렇지도 않게 혼자 먹는 것이 자연스럽다. 한 공간에 같이 살긴 해도 어디까지나 '너는 너고 나는 나'라는 사고방식을 갖고 있기 때문이다. 아무리 친해진다 한들 냉장고 안의 그의 음식을 먹는다는 것은 상상도 할 수 없는 일이다. 이처럼 일본인들은 사람과 사람 사이에 적잖은 거리를 두고 지낸다.

물론 모든 중국인이나 일본인이 다 그렇다고는 할 수 없다. 이는 다만 일반적인 풍토를 말해주는 것뿐이다.

친구 혹은 친한 사람의 개념에도 이들 양국 사이에는 큰 차이가 있다. 실제로 중국인들과 일본인들의 교제를 보면 그 '농도'와 '안전선'에 큰 괴리가 존재한다. 가령 중국인들은 친구끼리 매우 속 깊은 대화를 주고받고, 그럴수록 더욱 친해진다. 이런 점에서 중국인들이 갖고 있는 친구의 개념은 한국인들의 그것과 유사하다고 할 수 있다. 그런데 친해질수록 서로에 대한 소유욕도 커져 아주 사적인 영역에 대한 침범 때문에 마찰이 빚어지는 일도 생길 수 있다.

반면 일본인들은 친한 사이라 해도 서로의 영역을 극히 존중해준다. 그렇기 때문에 일본어에는 사람들 사이의 교제와 관련된 '안전선'이라는 단어가 있다. 일본 사회의 이 같은 '거리를 둔' 교제에 자연스럽게 익숙해진 일본인들인 만큼, 그들이 말하는 '친구'의 개념을 한국식으로 풀이하자면 '좀 아는 사람' 정도에 해당되지 않을까 싶다. 그들이 상대방에 대해 진심으로 '친한 친구'라고 여긴들 상대방 측에서는 친구라는 느낌이 잘 들지 않기 때문이다.

이 같은 특성이 있다 보니 한국인의 경우 일본인 친구에게서는 서운함을, 중국인 친구에게서는 부담감을 느낄 수 있다. 이런 양국 사람들의 특성과 일반적인 교제 스타일을 참고하면 그들과의 교제가 훨씬 수월해질 것이다. 또 비교적 솔직하고 적극적인 한국인의 성향에 따라 중국인들과는 쉽게 사귈 수 있는 반면 일본인들과는 첫 단추를 끼우기가 쉽지만은 않다는 것을 느낄 수 있다. 따라서 중국인들에게는 우리 본연의 모습으로 다가가면 큰 문제가 없지만 일본인들에게는 다소 조심스럽고 신중한 태도로 다가갈 필요가 있다.

그렇다면 중국인이나 일본인과 친구가 되고 싶은데 그 방법을 몰라 다가가기가 망설여진다면 어떻게 해야 좋을까? 그럴 때는 다른 모든 생각을 버리고 그저 그들에게 '정성을 다하라'고 권하고 싶다. 상대방에게 정성을 다하는 것이야말로 어떤 대인 관계 기술보다 더 효과적인 태도이기 때문이다. 진실한 마음으로 자신을 있는 그대로 보여준다면 마음은 통하는 법이다. 그러려면 그 나라 사람들에 대한 선입견을 버리는 것부터 필요할 것이다. 이는 입장을 바꿔 생각해보면 당연한 일이다. 겉으로는 친절하게 호의적으로 대하는데 자국에 대한 뿌리 깊은 편견이 엿보인다면 결코 그 사람과 깊은 관계를 맺고 싶지 않을 테니 말이다.

국가를 막론하고 상대방에 대한 편견을 버리지 않는 한 외국인과 진정한 교류를 맺는 것은 불가능하다.

### 3. 글로벌 비즈니스 매너

직장 생활이나 비즈니스 매너 또한 한·중·일 3국 모두 서로 차이가 있다. 입사의 난관을 거쳐 본격적인 일을 하게 될 때까지, 또 직장 내외에서 일할 때나 거래처와의 비즈니스 과정에서도 제각각의 문화가 다르다. 그런데 이들 3국 사이에 빼놓을 수 없는 공통점이 있다. 그건 바로 술자리가 비즈니스에서 중요한 비중을 차지한다는 것이다.

실제로 한·중·일 3국은 술이 일상생활과 불가분의 관계에 있다고 여긴다. 술자리를 통해 사람들과 친분을 쌓고 관계를 더 깊이 다질 수 있는 반면, 그 술로 인해 패가망신할 수도 있다고 여기는 점이 그렇다. 심지어 회식 자리를 잘 즐기는 사람이 출세도 잘하고 술을 잘 못하는 사람은 승진에 지장이 있다는 일부 사람들의 사고방식 또한 흡사하다. 이런 측면에서 중국과 일본의 음주 문화에 대해 어느 정도 파악해두면 중국인, 일본인과의 교제나 직장 생활에 적응하는 데 도움이 될 것이다.

중국의 경우 술에 대한 역사가 아주 깊은 만큼 음주 문화도 다양하다. 다만 인구가 엄청난 중국 대륙의 음주 문화를 일반화해서 애기한다는 것 자체가 무리일 수 있으므로 여기서는 베이징이나 상하이, 광동 등지에서의 경험을 토대로 간단히 소개하겠다. 참고로 중국의 북방과 남방은 음주 문화를 비롯해 교제 방법이나 사고방식 등이 현저히 다르다.

우선 상하이 등지의 남방 사람들은 황주黃酒라는 알코올 도수가 약 10도 전후인 술을 즐겨 마신다. 반면 베이징 등 북방 사람들은 바이주(白酒, 한국에서 흔히 '배갈'이라 부르는 술)를 즐겨 마신다. 알코올 도수가 35~55도 정도인 이 독한 술을 북방의 중국인들은 점심시간에도 반주 삼아 마시거나 저녁 연회나 모임 자리에서 연거푸 들이켜곤 한다. 큼지막한 접시들에 가득 담겨 나오는 온갖 풍성한 안주들과 함께 떠들썩하게 즐기며 마시기 때문인지 다음 날에도 이들은 두통에도 그다지 시달리지 않는다.

한편 2-30대 젊은 중국인들은 사뭇 다른 음주 문화를 즐긴다. 그들은 더 이상 바이주 등을 맥주잔에 부어 마시는 '호기'를 부리지 않으며, 상대방에게 술을 강권하거나 잔을 돌리는 행위도 하지 않기 때문이다. 한결 건전한 음주 문화를 즐기는 이들이 즐겨 마시는 술은 다름 아닌 맥주다.


이제 일본의 음주 문화를 살펴보겠다. 일본인이 주로 즐기는 주류는 '오사케お酒'나 '니혼슈日本酒'라고 불리는 우리의 '청주'와 유사한 일본의 전통주들이다. 알코올 도수가 약 15도 전후인 일본 전통주는 그 종류가 수백 가지에 이른다. 각 지역마다 독특한 원료와 제조 방

법으로 특색 있는 맛과 향기를 지닌 술을 제조하기 때문이다.

일본인들의 음주 문화를 들여다보면 술 마시는 순서가 대략 정형화되어 있는 편이다. 먼저 술자리에 앉으면 대부분 맥주부터 시킨 뒤 취향에 따라 포도주나 니혼슈 등으로 주종을 바꾼다.

이들은 자그마한 그릇이나 접시에 아주 조금씩 담긴 안주를 다양하게 먹으며 술을 즐긴다. 술을 강권한다거나 잔을 돌리는 행위는 거의 하지 않는다. 한편 중국인들처럼 자기 잔을 스스로 채우거나 상대방의 술잔에 첨잔을 하기도 하는데, 한국과 달리 중국과 일본에서는 이런 첨잔 문화가 일반화되어 있다.

재미있는 것은 일본인들의 평소 언행과 술 마신 뒤의 언행 사이에 큰 차이가 있다는 점이다. 평상시에도 그다지 남을 의식하지 않고 시끌벅적한 중국인들의 행동은 음주 전후의 차이가 거의 없는 반면, 언행에 언제나 신중을 가하는 일본인들 가운데는 음주 후에 돌변하는 사람이 적지 않다. 아마도 이것은 '튀어나온 못은 망치에 두들겨 맞는다', '더도 말고 덜도 말고 중간만 하라' 같은 일본 속담에도 서려 있는 일본 사회의 억눌린 숨통에서 비롯되는 현상이 아닐까 싶다.


### 4. 국가별 언어 습관

한·중·일 사람들의 일반적 언어 습관을 살펴보면 자기주장에 거리낌 없는 순서로 중국인 > 한국인 > 일본인 순이라 할 수 있다.

어투가 강한 편인 중국인은 일상생활에서도 큰 소리로 담소를 즐기고 과장된 표현도 서슴지 않는다. 이런 중국인들의 언어 태도는 교통사고 현장에서 극명하게 나타난다. 사고를 당한 당사자들은 상대방에 대한 안위 따위는 아랑곳 않고 자신에게 과실이 없음을 알리는 데 여념이 없다. 이렇다 보니 대부분의 경우 양측이 고성으로 싸우는 경우가 비일비재하다.

이런 중국인들과 상당히 대조적인 일본인들은 자기주장이나 자기방어가 필요한 순간에도 가급적이면 참는다. 극도의 분노를 느낄 때에도 그들은 담담하고 차분한 어투로 자신의 의사를 전달한다.

이 같은 중국인의 적극적인 언어 습관과 일본인의 소극적인 언어 습관은 각각 양국의 역사에서 기인된 측면이 있다. 먼저 중국의 경우 다툼과 대립, 분쟁과 전란 등이 끊이지 않는 가혹한 역사를 보내는 가운데 자기 옹호에 적극적인 습성이 뱄다. 이는 말하자면 생존의 차원에서 비롯된 습성이라 할 수 있다. 자신의 과오를 인정하면 무자비한 대가를 감수하게 된다는 사상이 뿌리 깊게 자리하고 있기 때문이다.

이에 비해 좁은 섬나라에 모여 사는 일본인들은 언제나 주위를 의식하고 지내지 않으면 안 되었다. 좁은 영토에서 생존하기 위해서는 주변 사람들과의 원만한 관계가 필수였고, 이런 과정에서 자신의 의견이나 불만을 제시하는 데 소극적인 성향이 밴 것이다.

한편 언어학적 특징에서도 어느 정도 기인되었다고 볼 수 있다. 가령 중국어의 존칭어는 '칭(請, 영어의 'please'에 해당)'이나 '닌(您, 영어의 'you'에 해당)' 정도에 불과하다. 화법 또한 '~은 어떻습니까?'를 뜻하는 일반적인 표현은, '하오마好吗?' 혹은 '하오뿌하오好不好?'인데, 이를 우리말로 직역하면 각각 '좋니(좋습니까)?'와 '좋니, 안 좋니(좋습니까, 안 좋습니까)?'이다. 즉 이 말에는 반말과 존칭어의 구분이 없다. 그것을 구분하는 것은 철저히 상대방의 몫이다.

이에 비해 일본어는 한국어보다 존칭 표현이 많고 그 외 겸양어 등과 같은 표현도 발달되어 있는 등 상당히 고난도의 언어 체계를 갖추고 있다. 일본인들은 이렇듯 복잡다단한 언어를 상황에 맞게 구분해 사용하는 데 익숙하다. 위에서 언급한 '~은 어떻습니까?'에 해당되는 일본어만 해도 대략 '이이데스까いいですか', '이이데쇼우까いいでしょうか', '요로시이데스까よろしいですか', '요로시이데쇼우까よろしいでしょうか', '이까가데스까いかがですか', '이까가데쇼우까いかがでしょうか', '이까가데고자이마스까いかがでございますか' 등 아주 많다. 이 같은 표현들 중 시의적절한 것을 선택하여 쓰면 된다.

이를 미루어보면 한국인의 언어 습관은 중국인과 일본인 중간 정도에 해당한다. 이런 한국인에게 일본어는 '너무 부드럽고 수세적이며 신중한' 면이 있고, 중국어는 '너무 강하고 공격적이며 과하다'는 느낌이 들 수 있다.

이와 같은 한·중·일 3국의 언어 습관에 관한 기본적인 차이를 인지하고 관계를 맺는다면 불필요한 오해와 마찰을 최소화할 수 있을 것이다.

### 5. 알아두면 도움 되는 일상 매너의 차이

한 나라 국민의 매너를 한두 마디로 간단히 설명할 수는 없으나, 중국과 일본 양국 사람들의 기본적인 매너에서 드러나는 상반되는 특징을 들 수는 있다. 한국인의 입장에서 보면 일본인은 '지나치게 의례적'이고 중국인은 '지나치게 비격식적'으로 비치기 쉽다. 이를 나타내는 한 예로 양국 사람들의 복장을 들 수 있다.

중국인은 한여름에 우리나라 사람들을 비롯한 외국인들을 깜짝 놀라게 할 때가 많은데, 바로 내의 차림의 상의 혹은 상하로 된 얇은 잠옷 차림으로 당당하게 거리를 활보하는 사람이 적지 않기 때문이다. 심지어 내의가 낡아서 작은 구멍이 숭숭 뚫린 옷을 입고 거리낌 없이 다니는 사람도 있다. 타인의 시선에 크게 신경 쓰지 않는 그들은 옷차림에 대해서도 '나한테 편하고 좋으면 된다'는 사고방식이 우선시된다.

이 같은 특징은 대학 캠퍼스에서도 그대로 드러난다. 중국의 교수들이나 교직원들에게서는 넥타이 정장 차림이나 격식을 갖춘 정장 차림을 한 모습을 보는 일이 거의 드물다. 한국식 기준으로 보면, 동네 아줌마나 아저씨와 같은 수수하고 소탈한 차림이 많기 때문이다.

물론 이들도 아주 중요한 행사가 있는 등 '필요한 경우'에는 정장 차림을 갖추기도 하지만, 그런 일도 드물뿐더러 이런 상황에도 격식을 갖추지 않는 사람들이 수두룩하다.

이에 비해 일본인들의 차림새를 살펴보면, 사회나 집단을 의식하며 살아온 일본 사회의 면모를 극명히 보여준다. 삼복더위에도 넥타이 정장 차림으로 출퇴근하는 것을 당연시하는 일본인들은 찜통더위로 악명 높은 상하이의 여름에도 격식을 갖춘 정장 차림을 한다.

이처럼 한국식 매너나 기준으로 살펴볼 때, 중국에서의 삶은 다소 자유로울 수 있고 일본에서는 갖가지 제약이 따를 수 있다.


## 6. 글로벌 관습의 장벽을 극복하는 법

소중한 사람의 죽음 앞에서 가슴을 부여잡고 오열하는 우리 장례문화를 보면서 일본인들은 의아해하며 이렇게 생각한다.

'다른 사람들이 보는 앞에서 저렇게까지 자기감정을 다스리지 못하다니……'

아무리 슬픈 일이 있어도 감정을 꾹꾹 누른 채 슬픔을 감추는 것이 당연한 관습인 일본인에게는 자기감정을 드러내는 모습이 익숙지 않은 것이다.

한편 중국인은 한국 사람들이 좋아하는 음식을 놓고 이렇게 불평한다.

"한국인들이 먹는 거라곤 온통 벌거니 맵기만 하지 도통 먹을 게
없어."

물론 인구가 많다 보니 매운 음식을 즐기는 부류도 있지만 중국의
주류인 '한족'의 문화와 관습에 비해서는 한국 음식이 너무 매운 것
이다.

동북아의 한·중·일 3국은 수천 년에 걸쳐 긴밀한 교류의 역사를
거쳐왔다. 이런 역사적 배경 탓인지 혹은 비슷한 외모 탓인지, 3국의
사람들은 은연중에 서로가 비슷할 것이라고 생각한다. 그리고 자기
도 모르게 자국의 관습과 전통, 문화 등을 중심으로 상대방을 파악
한다. 그렇기 때문에 상대방으로부터 자신과는 다른 모습을 발견하
면 쉽게 이질감을 느낀다. 당연히 다를 수밖에 없는, 그들만의 자연
스러운 모습에 실망하고 때로 비난하기도 하는 것이다. 이런 태도를
보이는 것은 한국인도 예외가 아니다.

이처럼 자기 위주의 주관적인 관점으로 상대방을 바라보고 재단
하려 든다면 외국인은 온통 '이상하고 이해하기 힘든' 존재로밖에
보이지 않을 것이다. 이와 같은 인식으로는 결코 그들과 제대로 된
교류를 맺을 수 없다.

그렇다면 어떻게 하면 이러한 이질감을 줄일 수 있을까? 답은 간
단하다. 우리가 유럽이나 아프리카 사람들 혹은 서남아시아나 중동
사람들을 바라보며 느끼는 인식과 그들을 대하는 태도를 중국인과
일본인을 바라볼 때 그대로 대입하면 된다. 가령 유럽이나 아프리카

사람들이 우리와 다르고, 또 그것이 당연하다고 인식하고 있듯이 일본인과 중국인을 볼 때 또한 같은 동양인이라도 다를 수밖에 없다는 것을 자연스럽게 인정할 줄 알아야 한다.

　실제로 타인(외국인)의 언행에 대해 이해를 못하겠다고 생각하는 가장 큰 이유는 자신과 다른 타인의 특성을 자신의 입장에서 바라보고 이해하려 들기 때문이다. 이는 곧 자신(자국)의 세계를 폐쇄된 우물 안으로 좁게 국한시킴과 동시에 타인과의 공존을 힘들게 하는 닫힌 사고방식이다. 따라서 타인 그리고 그가 속한 나라를 품으려면 먼저 자기 마음의 문을 열어야 한다. 이를 위해 우리와 다른 외국인의 언행이나 문화적 관습에 대해 '절대 이해할 수 없어', '정말 이상한 나라야'와 같은 생각으로 대응하기보다 '우리랑은 좀 달라도 독특한 문화인 것 같아', '조금만 더 마음을 열면 이해할 수 있을 거야', '이처럼 다른 문화에도 적응하면 나도 그만큼 더 성장하겠지'와 같이 열린 자세를 취해야 할 것이다. 배타적이고 폐쇄적인 태도는 도태를 낳고, 포용력 있고 이해심 많은 자세는 성장을 부른다는 것을 명심하자.